たかが従姉妹との恋。2

中西 鼎
イラスト にゅむ

JN009552

目次

CONTENTS

Takaga Itoko tono KOI

Cover design／Junya Arai・Bay Bridge Studio

「人間なんて
あんまり理解し合わない方が
いいんです」
牧《まき》野《の》幹《みき》隆《たか》
猫《ねこ》娘《むすめ》

「それで、どうなってるの？」
「なにが？」
「凪夏ちゃんとは会ってるの？」
「いや、微妙だよ」
「そうなの？」
「……ああでも、
次のデートの約束をしたよ」
「ホント!?
それは良かったねー」
あやねえは
心底嬉しそうに
喜んだ。
中堂《なかどう》絢音《あやね》
真辺《まなべ》眞耶《まや》

たかが従姉妹との恋。2

中西 鼎
イラスト にゅむ

Takaga Itoko
tono KOI

登場人物

牧《まき》野《の》幹《みき》隆《たか》……主人公。高校一年生。

中《なか》堂《どう》絢《あや》音《ね》……幹隆の大学生の従姉。

真《ま》辺《なべ》伊《い》緒《お》……幹隆と同い年の従妹。

真辺眞《ま》耶《や》……伊緒の双子の妹。

麻《ま》織《おり》流《る》南《な》……幹隆の中学生の従妹。

水《みな》鳥《とり》日《ひ》和《より》……幹隆の小学生の従妹。

御《み》武《たけ》凪《なぎ》夏《か》……幹隆のクラスメイト。

1　正体不明のキス

俺が泊まる時、伊緒《いお》はいつだって寝室に小さな豆電球を一つ点《つ》けていた。

それは百均《セリア》で売っているのにオシャレだとインスタグラムで話題になっていたやつで、フィラメントがハート形で、その周りを大きめのガラス球で覆っただけのシンプルなデザインのものだった。

オレンジ色の光は読書灯にもならないくらいにか細く、調光も効かなかったが、見た目がいかにもポップでＪＫっぽいからか、伊緒はそれを好んで使っていた。

だが六月に入ってから、伊緒は眠る時に豆電球を消すようになった。

新しくマンションにやってきた年下の流南《るな》が、「真っ暗じゃないと眠れない」と文句を言ったからだ。

「消すわよ」

と言って、その日も伊緒は豆電球のスイッチに指を向けた。その瞬間、わずかに不安のようなものが、伊緒の指先の震えに現れた気がした。

実のところ、伊緒《いお》は暗い所が苦手なのだ。それを俺に直接、教えてくれたことはないけれど。

「怖いなら、点《つ》けたままでもいいんだぜ」

と俺は言った。伊緒に気を遣ったつもりだったのだけど、俺と伊緒の関係性のためか、すこし茶化《ちゃか》したような響きになった。

「馬鹿にしないでよ」

と伊緒が鼻で笑い、電気を消した。

まあ前回のお泊り会の時も、伊緒はなんだかんだでよく眠っていた。

だから今回も大丈夫だろうと俺は思うことにして、まどろみの波に身を任せた。

＊

それが起きたのは、俺が眠りに就いて、夜も更けて、まだ日が昇ってもいない時間、たぶん深夜の二時か三時頃だったと思う。

温かな風が唇に吹き付けたような気がした。

いや、風にしては質量があった。気体というよりは液体だ。だから雨粒でも当たっているのだろうか、と俺は思った。

もちろん常識的に考えれば、室内にいるのに雨粒など当たりようもない。寝ぼけているがゆえの察しの悪さというか、論理の飛躍だと思って欲しい。要するにその正体不明の何かは、雨粒に似ていたのだ。

しょっぱい味がするので、海水のしぶきにも思えてきた。実際にそういう夢も見ていたかもしれない。

不思議とそんなに悪い気はしなかったので、俺は半覚醒のまま、何となくその感触を感じていたのだけど、やがてその重みを持った水しぶきが、意を決したように俺の唇に押し当てられた。

これは水しぶきじゃない。

誰かの唇だ。

小ぶりな魚が口の中に入ってきたのかと思った。いや違う、舌だ。舌は心細そうに、しかし確実に何かを追い求めるように、俺の口の中に侵入してきた。最初は恐る恐る、徐々に活発に、俺の口の中を触り、口蓋《こうがい》をウォータースライダーみたいに滑《すべ》り、同時に唇が吸盤みたいにすぼめられて、俺の唇をぎゅっと吸って、わずかな音を立てた。

それから一度、その誰かの舌が震えた。唾液《だえき》と共に、言葉にできない想いのようなものが、ほとばしるように俺の中に流れ込んで来たような気がした。

ぽたりと何かが落ちてきた。続いて髪の毛が俺の首筋を撫《な》でた。誰かが俺に覆いかぶさっている。匂いがした気がするけれども、その匂いが誰のものかなんて、考える余裕は俺にはなかった。

誰かの唇が俺の唇を押す、その重みが強くなった。切実さを感じるくらいだった。そのまま柔らかくて温かいものに、俺の存在そのものが呑《の》み込まれていくような気がした。

だがその時だった。

無意識的に俺は声をあげていた。

小さくて、ほとんど聞こえないくらいの声だったと思う。でも唇の持ち主は俺の声を聞くと、驚いたように身を跳ねさせて、それから伊緒《いお》と眞耶《まや》の部屋である、二〇四号室の暗闇のどこかに消えていった。

枕元に冷気が吹き込んできたような気がした。だがそれは冷気が来たのではなくて、さっきまでここにあった誰かの体温が消えたのだと、後になってから俺は気づいた。

俺は目を閉じたまま、仰向けの状態で、しばらく意識がはっきりするのを待っていた。

夢の雑音が消え、代わりに現実の二〇四号室の、しんとした静寂が広がっていく。

段々と意識がはっきりしてきた。やがてある疑問が浮かび上がった。


あれ俺、今キスされた？

目が覚めたばかりだからか、まだ現実感覚が希薄だ。しかし確かに、さっきの出来事は記憶に残っている。

布団の中でぼんやりとしているうちに、キスをされたという記憶が、実感という名の陰影を得て、鮮明に脳裏に浮かび上がっていった。

だが今となっては、キスをされたという証拠は何もない。誰かの唾液《だえき》が入り込んできたような気がするのだけど、既に自分のものと混ざっていて判断がつかない。湿気のある六月だからか、特別にキスが原因で口の中が潤っているという感じでもない。激しいキスだったはずなのに、霞《かすみ》でも食べたみたいな気分だった。

やはり、ただの夢だったのだろうか？

そう思ってからふと、いつの間にか頬《ほお》についていた水滴を拭い、口に含んでみた。

しょっぱい。

涙だ。

俺にキスをした誰かは、泣いていたのだ。

やっぱり、夢じゃない。

そういえば目が覚めかけた最初、唇を海水のようにも思ったのだ。あれも誰かの唇が涙に濡れていたことが原因だったのかもしれない。

事実はこうだ。

今、このお泊り会に参加している、四人のいとこのうち誰かが俺にキスをしたのだ。

それも泣きながら、激しく、強い想いを込めてキスをしたのだ。

誰にキスをされたのだろう？

実のところ、ちょっぴり見当は付いていた。でも起きたことが起きたことだから、慎重に結論を出した方がいい。

そこで俺は時系列を遡《さかのぼ》ってみることにした。

今は六月の半ばだ。だから六月の頭頃から今日までの三週間の間に、起きた出来事を一つ一つ思い出してみることにする。

過去回想《ロールバック》。

2

猫娘と膝枕

五月が来て、ゴールデンウィークが終わり、伊緒《いお》と眞耶《まや》が転校してきて、それからほどなくしてあやねえと再会し、一言では言い表せないくらいに様々なことがあり、五月の末頃に凪夏《なぎか》とデートをして、それと同時に、俺と伊緒と眞耶が従兄妹《いとこ》であることがクラス中に広められた、そんな激動のひと月が終わった。

六月が来ると同時にテスト期間がやってきた。

俺が通う私立高校は特別に偏差値が高いわけではないけれども、全員が入試で入学している分、それなりに勉強に真面目《まじめ》だった。普段から勉学に打ち込むほどではないが、テストの前くらいは真面目に勉強しましょうね……という、要するに普通の高校っぽい感じだったということだ。

なのでその期間、凪夏との仲が進展することもなかった。

ちなみに一緒に勉強しよう、みたいなイベントもなかった。凪夏は塾の自習室に通い詰めだったからだ。

さらに言えば真辺《まなべ》家のお泊り会もなかった。

模範生でありたいという気持ちの強い伊緒《いお》だが、頭は良くない……と言うと「幹隆《みきたか》っ！」という怒りの声と共にぬいぐるみでどつかれてしまいそうでアレだが、殊《こと》勉強に関してだけは努力の量で他人と同等になっているタイプだった。まあ容姿が完璧な分、それくらいの弱点があっても、まだまだ神様のステータス振り分けで得をしている気がする。あるいはサディストの暴君であるというマイナスで全体の釣り合いが取れているのかもしれない。話が逸《そ》れたけど、要は伊緒の勉強のためにお泊り会は一時中止されたのだ。

あやねえもたまに来るけど、テスト期間中の俺に気を使っているのか、「勉強頑張りなよ」とだけ言って、さっさと帰るようになってしまった。あやねえ自身も大学の授業が忙しい時期みたいだし、五月に話した旅行の件も保留になっている。

要するにテスト期間の二週間、俺は一人で勉強する以外に何もできなくなったということだ。水越《みずこし》や千葉《ちば》や岸本《きしもと》といった男友達も、この期間は塾に通い詰めで、いよいよ一人きりだった。

そこで俺は勉強のために、たびたび近くのファミレスに行くようになった。

ここでなら夕食も同時に食べられて便利だ。それに家で一人きりでいると、勉強なんてやめてゲームがしたい、テレビが観たい、漫画が読みたい、アニメが観たい……といった、親と一緒に暮らしていた時には自動的に抑えられていた欲求が募ってきてろくなことがない。

放課後は学校の図書館に行って勉強、それからファミレスに行って夕食を食べてもうひと勉強、というのが、テスト期間中の俺のルーティンになった。

＊

東京の夜のファミレスは、大宮から上京してきた俺からすると、異国みたいな場所だ。

ガラス張りの窓の向こうには、黒いペンキで塗り潰《つぶ》したみたいな漆黒の闇夜があり、そこをヘッドライトを光らせた、無数の自動車が他人行儀にすり抜けていく。店内には幸せそうなカップルや、黙ってハンバーグを咀嚼《そしゃく》するつぶらな黒目の老人や、表層的な言葉を延々とまくしたてている男性や、やけにスカートの丈が短い女性や、騒いでいないと死ぬ病気に罹《かか》ったみたいな大学生グループや、ちょっと業界人っぽい人……など、同じ空間にいるのが不思議なくらいに色んな人たちがいる。

こんな場所であれば、俺が一人で勉強していても、誰も気にしていない感じがして居心地が良かった。

といっても、なんらかの事情がない限りは、夜のファミレスに高校生が一人きりでいることは稀《まれ》だ。俺だけがこの店の平均年齢を、大きく下回っている気がする。

だからたまに、俺みたいな奴はいないのかなと、仲間を探すような気持ちで、ちらりと周囲の様子を窺《うかが》ってみたりする。

するといつも一人だけ、中学生の女の子がいる。

なぜ中学生だとわかるかというと、制服に見覚えがあるからだ。俺の高校の近くに校舎があって、登下校の際に同じ制服を着た女の子をよく見かける。美人だが、かなり派手な身なりをした女の子だ。ブリーチされた髪は透明感のある金色になっていて、西日に照らされたライオンのたてがみの色みたいだ。白い首にはゴテゴテとした銀色のネックレスが付けられていて、耳にはピアスも付いている。校則は大丈夫なんだろうかと心配になってしまうくらいだ。

普通はそういうファッションをすると、衣服の存在感に本人が負けてしまいそうなものだが、下がり眉《まゆ》の猫っぽい顔立ちがぱっちりとして整っているからだろう。彼女がしていると統一感があって押し付けがなく、なにかの正装みたいに見えてくる。

表情は決まっていつもつまらなさそう。勉強自体を面白いとは思っていなさそうだし、元より冷めた雰囲気の女の子でもある。あんまり笑っているところが想像できない。どうやって笑うんだろう？　耳元でペンを回しながら拗《す》ねたように問題集を見つめる彼女も魅力的だけれども、やっぱり笑っていたらもっと素敵だろうと思う。

そんな子を毎日目にする。話す機会はないだろうけれども、俺はなんとなく彼女のことを、同じ空間で勉強に励む同志のように思っている。

ファミレスに行って、先にその子がいたら頑張ろうと思うし、後からその子が入ってきたら、そのタイミングで気を引き締め直す。

彼女がホットコーヒーを飲みながらふわわとあくびをしていたら、もう遅い時間なんだろうなと察するし、彼女が帰ったら俺も帰ろうかなと思う。

そうやって意識的にせよ無意識的にせよ彼女を眺めながら自習に励んでいた、ある日のことだった。


「緑のラインマーカー、貸してくれませんか？」

と彼女が言った。

俺はちょうどその時、サインとコサインとタンジェントが頭の中でごっちゃになっていて、混乱の糸をなんとかほぐそうとしていた時だったから、

「あ、いいよ」

と普通に言った。不意に口から出たという感じで。

彼女は「ふうん」と言って、そこに立ち止まった。

それから一拍遅れて、あっそっか、俺が筆箱からラインマーカーを取り出すのを待っているんだな、と気づいた。

筆箱を漁る。その間、俺はちょっと混乱している。

同じ空間にいるのだから、そりゃあ話しかけられることはあるんだろうけど、なんとなく俺

は彼女をこの空間にある風景の一部のように感じていて、コミュニケーションを取ることを想定していなかったのだ。

「迷惑でしたか？」

と彼女は聞いた。俺が挙動不審になっているのを見て、気を使ってくれたのだろう。

「いや、今日は暗記科目をやる予定はないから、平気だよ」

と俺はなるべく具体的な言葉を使って返事をする。

高校受験のために色んな勉強法を試したが、『赤シート＋緑のラインマーカー』以上に効果のある暗記法はないというのが俺の持論で、英単語や歴史上の固有名詞などはほとんどそれで覚えていた。その日は数学を攻略する予定だったので、そのどちらも使う予定がなかった。

「今日忘れちゃったんです」言い訳みたいに彼女が言った。「使ってたら遠慮するんですけど、遠くから見て使ってないみたいだから」

遠くから見て……彼女も俺のことを認知してはいたんだな。

いいよ、と俺は言う。だが、またしてもちょっとぶっきらぼうな言い方になる。頭がサインとコサインの世界に行っていたからか、あんまり人間の世界に戻りきれてない。だから改めて言い直す。

「他にも何か困ってることがあったら言ってくれてもいいよ。別に手間じゃないし」

社交辞令の気持ちが半分、あとは、勝手に思ってるだけだけど、同志を助けてやりたいって気持ちも一応あった。

本当ですか？　と黄色い声で彼女は言った。思ったよりも喜んでくれて、十字架のついたヘアピンで留められた髪の毛の先が揺れた。

その様子は可愛《かわい》かったけれども、親切を一つしたら十個分喜んでくれた、みたいなちぐはぐさはあった。

また何か頼むつもりなのかな？　もしかしたら文房具を他にも色々と忘れてしまって、まだ俺に借りようとしているのかな、なんて想像も浮かんだ。

だが俺の予想は間違っていた。

彼女は一旦自分の席に戻ると、机の上に置かれた文房具を筆箱の中に戻し、教科書とノートを開けたまま暫定《ざんてい》的にスクールバッグに詰め込むと、ファスナーも閉めずに俺のボックス席までやってきて、対面の席にバッグを置いた。

「頼ってもいいんですよね？」

と、あらかじめ決まった答えを引き出してみせるように彼女は言った。

「ああ、うん」

と答えたけれど、今日の驚きその2だった。

彼女はさっさと机の上に、自分の教材と文房具を広げ始めた。けっこう後輩力が高い女の子だな……まあ、身も蓋もない言い方をすれば厚かましい女の子だな、と俺は思った。こういう子にあんまり動じないのは伊緒《いお》に慣れているからだろうか。元々二人用の席を一人で使っていて、机のスペースは空いていたので別にいいけれども、多少は狭くなって、俺の教科書の端が彼女の教科書の端に当たっている。

「何に困っているの？」俺は聞いた。

「あそこ」彼女は人目に付かないようにレジの方に人差し指を向けた。「……あのおばさんです」

「あの人がどうしたの？」その人は何度もファミレスに来ている関係で、もう顔を覚えてしまった店員さんだった。

「あのおばさんがフロアリーダーの日は、女の子が一人でいると、退店を促す時間を早めるんです。いつもは二十一時半なんだけど、早いと二十時半くらいに来たりするんです。男の子だったら注意はしないし、たぶん二人だったら大丈夫だとは思うんですけど。不平等だとは思いませんか？」

「なるほど」と俺は言った。時たま彼女がやけに早く帰る日があると思っていたけれども、もしかするとその影にはあのおばさんの追い出しがあったのかもしれない。

「社会貢献のつもりなのかな？　すっごい迷惑なんですけど」

彼女は毒づいて、舌を出した。怒っている時に舌を出す人間って本当にいるんだな、と俺は思った。舌がピンク色できれいだからよく似合っている。なんとなくしみじみと見てしまっていると彼女は続けた。

「だから、帰されないために一緒にいていいですか、って話です」

うん、と俺は答える。

ありがとうございます、と彼女が言う。そしてやけに子供っぽい無邪気な笑顔を浮かべる。

急に中学生らしい可愛《かわい》さを見せられたので、不覚にもちょっと見とれてしまう。

笑っているところ……ああ、こういう感じなんだな。

やっぱり笑っていない時よりもいいな。それで彼女のちょっと厚かましいところは全部許してしまう。

彼女と一緒に勉強する。

なんだか変な感じだ。学年も学校も違う、ファミレスで出会っただけの女の子と机を挟《はさ》んで勉強している。

でも母親が集めていた昔の少女漫画の中だとこれくらいのきっかけで関係が始まったりもしていたから、意外と人と人との縁ってこんなふうに繋《つな》がるものなのかもしれない。

ふと見ると彼女の黄金色の髪の毛の先がノートに落ち、棒人間みたいな影を作っていた。鍾乳洞《しょうにゅうどう》の中でストロボライトを回しているみたいに、影が出来ては消えていく。長いまつ毛が宙を掻《か》く。さくらんぼ色の唇。あんまり見ていると緊張してしまうから、俺は目の前の数式に集中することにする。

意外と捗《はかど》る。

体感として普段の一・五倍くらいの進捗《しんちょく》だ。『友達と一緒に勉強すると能率が下がる』という持論がある俺にしては珍しい。なんか人がいると気が散っちゃうのだ。おまけに今日は友達ですらない他人がいるというのに。

彼女は歴史の教科書に緑のマーカーを引きながら、時たま耳に付けたエアポッズのボタンを押したり、あるいは椅子に腰掛ける角度を浅くしたり深くしたりして、なんとか退屈な勉強に立ち向かっているという感じなのだが、その「やりたくないけどやらなきゃな」みたいなスタンスが、俺に力をくれている気がする。「やりたくないけどやらなきゃな」は俺も同じで、そんな彼女が目の前にいることで、気持ちの援護射撃を貰《もら》っている感じがする。

まあ、わかんない。

勉強している時って些細な想像が浮かんでは、風に吹かれた胞子のように消えていくものだ。

三十分くらい経《た》って、一時的に集中が切れる。

彼女も同じらしい。エアポッズを外して、マラソン大会で隣を走っている友達が、同時に速度を落とそうと束《つか》の間《ま》の共犯関係を持ちかける時のような視線をくれる。

お互いのドリンクも空になっている。彼女の空いたマグカップをなんとなく眺めていると、机の上に腕を組んで、そこに頬《ほお》を乗せて仮眠の姿勢になる彼女の横顔がフレームインする。

「ドリンクバー行くなら、私コーヒーでお願いします」

遠くから見ていた時から、彼女はいつだってコーヒーを飲んでいた。そんなにカフェインを取って、夜しっかりと眠れるんだろうか？

「俺、コーヒーマシン操作したことないんだよ」

俺は言う。ファミレスのコーヒーの機械は、ドリンクサーバーよりも仰々しくて、ちょっと操作が難しそうなイメージがある。それに彼女の言うことばかりを聞いているのも、なんとなくパシりみたいで気が乗らない。

「じゃあ、一緒に行きましょうよ」

彼女はそう言うと、大きく伸びをする。身につけている制服のリボンがふわりと揺れる。

ドリンクバーに行く。

眠気の弁明をするみたいに、削岩機みたいな音を発して揺れるコーヒーマシンの前で彼女が言う。

「私、夜ふかし癖があるんですよ」

「そうなんだ」

「三時間勉強すると三時間分の心の疲労が溜まって、三時間遊んじゃうみたいなことってないですか？　昨日も寝たのが三時で……」

「三時？」というのは、もちろん中学生にしては遅い時間だし、高校生でも同様だ。「そんな時間まで何をしていたの？」

「彼氏と通話です」

「ふーん、彼氏……」

「あ、童貞の反応だ」

とすかさず言って、彼女はくすくす笑った。何かを言い返そうとすると彼女が言った。

「からかってみただけですよ」

と、まるで俺が童貞じゃないみたいな口ぶりだけれども、まあそこはノーコメントで乗り切らせていただきたい。

だいたい俺はまだ高校一年生なんだから、童貞なくらい恥ずかしくないだろ……と思うのだけれども、それを彼女の常識に照らしてみたらどうなのかわからない。

彼女はブラックコーヒーをマグカップに、俺は野菜ジュースをグラスに入れて席に戻る。

その途中、彼女が「まあ別に、彼氏のことはそんなに好きじゃないんですけどね」と何気ない調子で言う。

席に戻ってから俺は聞く。

「喧嘩《けんか》でもしたの？」

「フライドポテトでも食べませんか？」

「いーよ」

ファミレスのタブレットを操作しながら彼女が言う。

「特にきっかけとかがあるわけではないんですけど、冷めちゃったというか、最初から冷めているというか。思い返してみると告白をされた時から別に好きなわけじゃなかったし。それから気分が上がらず下がらずに平坦《へいたん》なままというか」

「ふーん、じゃあなんで付き合ったの？」

と、俺はやけに素朴な質問をしてしまう。

白い指でタブレットのモーダルウィンドウを連打して、ポテトの注文を終わらせると彼女が言った。

「恋人がいると、正常な人間を擬態できているっていう感覚がありませんか？　いない友達に対する精神的な優位みたいなのもあるし。私、そういうのに弱いから。たぶん自己肯定感が低いんですよね。だからなのかな、告白をされるとあんまり断れなくて」

そういうの、ないです？　という視線を彼女は俺にくれる。でも本気で同意して欲しい感じでもなかったから、俺は思ったままのことを言う。

「俺はあんまり考えたことはないかな」

「そっちの方が普通ですよ」彼女はわずかに八重歯《やえば》を覗かせる。「でもお兄さんは普通じゃないかも、って思ってたんですけど」

「なんで？」

「だって普通の高校生は夜にファミレスで夕食を取って、おまけに自習なんてしませんよ。親は何してるんだって感じだし」

「まーね」

「案外、おじいちゃんがマフィアだったりとかね」

冗談のように言うけれども、俺は豪放磊落《ごうほうらいらく》たる我が祖父、中堂源一郎《なかどうげんいちろう》が一体なんの仕事をしていたのかを正確には把握していないので、マフィアでなかったとも言い切れない。

「一人暮らしなんだよ」と俺は言う。

「へえ」彼女はちょっと驚いて、「そりゃあいいですね。遊びたい放題じゃないですか」

「家にいると遊んじゃうから、勉強をするためにわざわざファミレスまで来てるんだよ」

「ふーん……一人暮らしをしている割に、なんか悩みがフツーですね。折角《せっかく》の一人暮らしなんだから、もっと面白いことでもしましょうよ」

「面白いことってどんな？」

彼女はすこし考えると「大麻栽培？」と調子外れの声で言った。

「したとして、それを君には言えないだろ」

すると、彼女はやけにけらけらとあどけなく笑う。ブラックジョークが好きみたいだ。

二十一時半きっかりに、おばさんのフロアリーダーに退店を促される。経験上、あと二十分くらいは退店しなくても小言は言われないのだが、べつにギリギリまで居座る必要もないので、キリがいい所で帰ろうと思う。

　おばさんに話しかけられる三分前くらいから集中力が切れていた彼女は、さっさと家に帰る準備をし始める。それを見て俺が言う。

「夜遅いから送っていこうか？」

「いいですよ」

「そう」

「お気遣い感謝します。でも送られまでしちゃうと、なんかお互いのことを知りすぎって感じがしませんか？」

「知りすぎ？」

「そうです。人間関係において、お互いのことを知りすぎるのって必ずしもいいことではないと私は思うんです」

　よくわかんなくて黙っていると、彼女は続けた。

「人間なんてあんまり理解し合わない方がいいんです。だって知っちゃったら、それ以上知ることもないでしょう？　一度読んだ本を読み返す人はいませんし、音楽だっていつかは聞き飽きるものです。だったらちょっとずつ知った方が楽しいですよ」

　やけに愉快そうに彼女が言う。煙《けむ》に巻いて、その煙の中で楽しんでいるみたいだ。その意見に対して、俺は色々と思うことはあったけれども、別に口にすることもないと思った。

「そう言えば俺たち、まだ名前を名乗り合っていないと思うんだけど、君の名前は――」

俺の質問を遮《さえぎ》るように彼女は言った。

「猫娘」

「はあ？」

「名乗っちゃったら、謎が一つなくなっちゃうじゃないですか。それじゃあつまんないので、私は猫娘でいいです」

へえ。というか、自分が猫っぽいという自覚はあるんだな。

「じゃあそれでいいよ。俺の名前は――」

「麻薬王」

「……ほう？」不穏な名前を付けられてしまった。

「わかんないけど、きっと本名よりそっちの方が格好いいですよ。戸籍上の名前も『麻薬王』に変えた方がいいかも」

「戸籍を変えたら、本名が『麻薬王』になるだろ」

そう言うと彼女は弾むような笑い声をあげた。さっきよりも猫っぽく見える。

「じゃあね、麻薬王」と言って、とびきりの笑顔をくれる。

＊

それから俺こと麻薬王と猫娘は、毎日放課後にファミレスで一緒に勉強をする仲になる。

店に入って猫娘がいたら同じ席に座るし、いなかったら二人用か四人用の席を取ってそのまま彼女が来るのを待つ。するとそのうち、彼女はスクールバッグに付けたキーホルダーの音をじゃらじゃらと楽しそうに鳴らしながらやってくる。

名前も知らないし、ラインも交換しない。そっちの方が謎めいていていいと彼女は言う。

月曜日のテストを終える。出来は上々だ。

その日は昼前に学校が終わったので、俺と猫娘は昼から夜までずっとファミレスにいる。

猫娘はドリンクバーで色んなドリンクを混ぜたゲテモノドリンクを作ってきて、俺に飲ませて「げ〜」ってなってる所を見て笑う。

その日の夕方に彼女が言う。

「私、明日でテストが終わるんですよ」

「そうなんだ」

思い返してみれば中学の中間テストは、俺の学校でも二日で終わっていた。高校になって、いきなり科目数が増えて四日間になったのだ。

「最後に、お兄さんの家に行ってみてもいいですか？」

「えー……てか、ライン交換しようよ」

「それは嫌です」

と、はっきりと告げられる。

ほとんど毎日、何時間も一緒に勉強している仲だ。どうでもいい雑談をして笑い合ったりもすれば、個人的な話を真剣にし合ったりもする。なのにラインを教えてくれないというのは、『人間なんてあんまり理解し合わない方がいい』という彼女の胡乱《うろん》な哲学の他にも、なにか具体的な事情がありそうな気もするけれど……。

「じゃあ、交換条件にしましょう。お兄さんは私を家に案内する代わりに、私はお兄さんにラインを教える。それでどうですか？」

本当だろうか？　なんとなく家に連れていったとしても、ラインは教えてくれないような気もする。まあ女の子が考えていることは、究極的にはわからないというのが俺の経験則ではあるのだけど……。

「そんなに来てみたい？」

「普通に気になるじゃないですか。高校生の一人暮らしってどんなんだろう、って思いますよ」

そういうものかな。逆の立場だったらそうかな。

ともかくその提案を、無下《むげ》に断ってしまえるほどの仲でもない……と、一方的かもしれないが俺は思っている。

ラインを教えてくれないのは不思議だけれども、過ごした時間の長さで言えば、仲がいいと言っても過言ではないはずだ。

「そんなに面白い部屋でもないよ」

「面白い部屋は期待してないですよ。芸能人の部屋だって、ウォータースライダーが置いてあって、始終稼働していたりするわけでもないでしょう」

「そりゃあ、そうだけど……」ふと前に彼女が言っていたことを思い出して、「俺のことを知、ることになるけど大丈夫？」

「教えてくれるんですか？」

猫娘が挑戦的に俺を見上げる。長いまつ毛が宙を衝《つ》く。

まあ、いいのかな？

そもそも『家に上げる』ってどれくらいの距離感で起きるイベントなんだろう？

前にネットフリックスで見た大学を舞台にしたドラマでは、これくらいの距離感の相手を……というかもっと遠い距離の相手を家に上げていたような記憶があるし。

それに、彼女と本当にこれきりでさよならになったら、それはとても寂しい気がする。

夜道を歩く。

他愛《たあい》ない話をして、他愛ないことで彼女が笑う。

改めて見ていて、きれいな女の子だと思う。切れかけの街灯だって、彼女を照らすとスポットライトみたいに見える。

それと同時に、どこか現実味を欠いた女の子にも見える。日本人離れした金色の髪色のせいだろうか。あるいは整いすぎた顔立ちのせいだろうか。ちょうど塀の上にするりと現れて、次の瞬間に闇夜に紛れ込んでいく野良猫のように見える。

だからか、街灯と街灯の間のすっと暗くなる瞬間に、不意に彼女が消えてしまうんじゃないかという変な空想も浮かぶ。

ありえない話でもない。だって俺たちはお互いの名前も連絡先も知らないのだ。一度はぐれてしまったら、この茫漠《ぼうばく》とした東京で散り散りになってしまって終わりの仲なのだ。だから新しい街灯の光を浴びて、生まれ変わったみたいに笑う彼女を見るたびに、いないいないばあをされた子供みたいに、すこしだけ心が弾む。

マンションの入り口にまで来る。意外と猫娘は建物そのものにはあまり関心がない様子で、早く俺の部屋に向かいたい様子だ。だからちょっと急いで、オートロックを開けるために財布から鍵を取り出す。

その瞬間、ガラス張りの自動ドアの向こうに一人の女の子が現れる。

やけに色の白い女の子だ。近所のコンビニに行くだけといった感じで、持ち物は最低限で、つっかけを履いている。

その女の子が俺に気づいて、ぱっと顔を上げる。

眞耶《まや》だ。

俺は鍵を仕舞う。代わりに眞耶が自動ドアを開けてこちらにやってくる。

「みっくん」

と声をかけられる。続けて猫娘の方をちらっと見て、目を逸《そ》らしてどこでもない方向を見つめながら、もじもじとしながら言う。

「友達…………??」

うーん、俺と猫娘の関係を、どう表現したらいいだろう？

友達と言ってしまえばそれまでだけど、でも「友達だよ」と言ってしまうと、俺と彼女の間にある表現しがたい何かのようなものが、指の間を滑《すべ》り落ちる砂粒のようにするりと消えてなくなってしまうような気もする。

なんて考えてしまうのは、人間関係に余白を残したいという、彼女の奇妙な哲学に当てられてしまったからだろうか。

なんて考えていると、眞耶が「あっ」と、何かに気づいたような声を出す。

「どうしたの？」

「もしかして、その子――」

眞耶がなにかを言いかけるのと、猫娘が行動を起こすのはほぼ同時だった。

猫娘は愛想笑いを浮かべると、素早く頭を下げて言った。

「さよーなら、お兄さん」

そしてスクールバッグのキーホルダーをがちゃがちゃと鳴らしながら、マンションの外に早足で歩き去っていった。

あっという間に彼女は居なくなってしまった。

さっきまで彼女の居た空間を見つめながら、俺と眞耶はしばらくの間、呆然《ぼうぜん》と佇《たたず》んでいた。

やがて眞耶が言った。

「あの子、なんて子？」

「いや……その。てか、眞耶も知ってるふうじゃなかった？」

「もしかしたらと思ったんやけど……ううん、全然違うと思う。忘れて」

「ふうん？」忘れてと言われると、かえって気になるものだけど。

「で、なんて子なの？」眞耶は改めて聞いた。

「名前は知らないんだけど……」

「……みっくんは、名前も知らない女の子を、真夜中に家に連れ込もうとしてたの……？」

「いや……」そうか？　事実としてはそうなのか？　「そうではなくて……」

眞耶はジト目で俺を見つめる。

確かに眞耶《まや》の視点で見れば俺は単なるチャラ男だ。猫娘の髪の色が黄金色で、見た目が派手なこともその印象に拍車をかけていそうな気がする。

俺は相手が眞耶だと、あんまり嘘《うそ》をついたり自分を取り繕ったりすることができない。

というわけで多少長くなるけれども、猫娘と会ってから彼女が俺の家に来るまでの話を、なるべく省略せずに眞耶に話すことにする。

話しながら眞耶と一緒にコンビニに向かう。眞耶は友達から争奪戦への参戦を頼まれたというチケットを発券しながら言った。

「ふーん……」一通り話を聞いた眞耶は言った。「まあ、事情はわかったけど、御武《みたけ》さんのことも頭に入れとかなあかんよ」

「いや、そういうのじゃないから」

「あんまり羽目を外しすぎやんようにね」

眞耶は俺に重圧を与えるような、わざとらしい笑みを浮かべた。

そういうのなのか？　俺はそういうのなんだろうか？

*

翌日。

テストはそれなりに上々の出来で終わる。

一応、ファミレスに行ってみるけれども、もう猫娘は来ない。

もう会えないんだろうか？

*

さらに翌日。

テストが終わってファミレスに行こうかと思っていると、あやねえから連絡が来る。

『今日私、大学のレポート書かなきゃいけないんだけど、折角《せっかく》だから一緒に勉強しない？　忙しかったらいいよ』

あやねえは人と一緒に勉強した方が進捗《しんちょく》が良くなるタイプなのかもしれない。俺は基本的に一人の方が捗《はかど》るタイプで、猫娘が唯一の例外だったのだが、あやねえに誘われたら、そりゃあ「やんぬるかな」って感じだ。

マンションに帰り、あやねえの部屋のインターフォンを鳴らす。

すこししてあやねえが出てくる。

あやねえは襟元のゆるやかな白のキャミソールに、涼しそうな緑色の麻のニットのカーディガンを羽織っている。

「みっくん、なんだか久しぶりな気がするね」

自然体であやねえが言う。春先の心地の良い風が吹いたみたいに。

「そうかもね、テスト期間だったからね」

俺は答える。些細な会話をしただけなのに、既にすこしだけ緊張している。最近あまりあやねえと会ってなかったから、免疫力のようなものが落ちているのかもしれない。

「どっちの部屋で勉強する？」俺は聞く。

「みっくんの部屋がいいな。私の部屋、散らかってるから」

よく見るとあやねえは大きめのトートバッグを提げていた。特に打ち合わせてはいなかったけれども、最初から俺の部屋に来るつもりだったのだろう。「どっちの部屋で勉強する？」という質問自体、ちょっと空気が読めていなかったかもしれない。

あやねえを俺の部屋に入れる。

もう何回か来ているはずなのに、毎回ちょっとだけ妙な気分になる。現実と非現実がごっちゃになって、ありもしないものが真実の影をまとい始めるような。

廊下を抜けて、ＬＤＫの中に入ると、あやねえは明るい声を出す。

「おお、片付いてるね」

「あやねえが毎回、片付いてるかを確かめるから、整理整頓する癖が付いたんだよ」

「コロコロ買った？　あると便利だよ」

とあやねえが言う。俺の部屋に来るたびに掃除用のコロコロ……カーペットクリーナーを買うことを勧めるのだ。

「スーパーに行くたびに買おうと思って、忘れるんだよ」

「そっか。買ってプレゼントしてあげようか？」

「ううん、そこまではさせられないよ」

それからあやねえは、自分で選んだ観葉植物のディフェンバキアに目を向け、さりげない笑みを浮かべた。

あやねえはローテーブルにマックブックを置く。ちょっとだけ古いデザインだ。アップルの製品は年々デザインが更新されているから、詳しくない俺でもなんとなく世代がわかる。でもあやねえの古めのマックブックの背面はぴかぴかで、キーボードには塵《ちり》一つ落ちていない。頻繁に掃除しているんだろう。

「パソコンでレポートを書くの？」

と俺は聞く。ノートとペンを使っている高校生からすると大人っぽい。

「うん、大半はね。でも今日書くレポートは違うの。最終的には紙で提出しなきゃいけないから、このパソコンは資料を見る用」

「ふーん」

「紙の方が一字一字考えて書くし、勢いに乗せられたりしないからって。ちょっと不思議なおじいちゃんの教授なんだよね。名物教授というかさ。講義室からは面倒だっていう不満続出だよ。私は字を書くのが好きだから別にいいんだけど」

と言って、Ａ４のレポート用紙の喉の部分をびりりと切り裂いた。

色々と配置を試行錯誤した結果、あやねえはテーブルの上にレポート用紙を、絨毯《じゅうたん》の上にマックブックを置いた。

あやねえの字の書き方は綺麗《きれい》だ。大きすぎる字も小さすぎる字もなく、すべてが丁寧に罫線の中に埋まっていく。あらかじめ完成図が決められたパズルのピースみたいだ。って、見てしまっていては勉強ができない。

明日の科目は生物と日本史Ｂだ。どちらも俺にとっては暗記科目だから気分が乗らないのだけど、やればやるほど点数が上がる科目ではある。

赤シート化の作業は済んでいるので、後は覚えるだけだった。その『覚える』のがとても面倒くさいのだが、あやねえの前で勉強をサボってスマホをぽちぽち触ったりするのはダサいので、ちゃんとやる。

効率よく暗記が進む。

そう言えば伊緒《いお》は受験の時、集中するために叔母《おば》さんの目がある食卓で勉強したと言っていた。同じ理屈で、あやねえの前だと勉強が捗《はかど》る気がする。叔母さんよりもよっぽど格好つけたい相手だから、効果は上だろう。もしかすると「一人の方が勉強が捗るタイプ」という俺の自認自体が、ちょっと視野が狭かったかもしれない。

　しばらくして、あやねえがトートバッグからロッテのトッポを出す。

「おやつ買ってきたんだ。食べる？」

「食べる」

「みっくんを見てると、大学受験の時のこと思い出しちゃったな」

「そう？」

「大学受験、楽しかったな。毎日塾に友達と集まって、休み時間にだべったりしてさ」

　俺はちょっと驚く。受験が楽しいという感覚がよくわからなかったからだ。俺は高校受験の勉強も一人で黙々とやっていたし、少なくとも楽しくはなかった。

　でもあやねえと同じ塾に通っていたらそりゃあ楽しいだろうという、たぶんあやねえが意図しているのとは全く違う共感を勝手に覚える。

「あやねえは食べないの？」

　先端のチョコレートが少しだけ溶けたトッポを口に運びながら、俺は聞く。

「私、カロリー制限してるから本当は良くないんだけど……」

と言いながら、あやねえはちゃんとトッポを手に取る。

「いいの？」

「ま、ちょっとくらい罪を犯した方が人生楽しいんだって、おじいちゃん言ってたしね」

「おじいちゃんは罪を犯しすぎなんだよ」

そう言うとあやねえは柔らかい日射しのように笑った。不倫と不貞を重ねた中堂源一郎《なかどうげんいちろう》は、我が祖父ながら絶対に天国には行けていないだろう。

雑談ムードになったので、あやねえが聞く。

「まだテスト期間は続くの？」

「やっと明日で終わりだよ」

「お疲れ様。みっくんはここ一週間くらい、ほとんど家に居なかったみたいだけど、どこかで勉強してたの？」

あやねえの部屋は俺の隣だ。だから時たまマンションの廊下に面した俺の部屋の窓を見て、明かりが点《つ》いていないことを確認していたのだと思う。

「うん、ファミレスに行ってた」

「へえ、一人で？」

猫娘のことを一瞬思い出したけれども、なんとなく隠してしまう。

「おおむね一人で」

「大変だったね。テストが終わったらお祝いしなきゃな」

「真辺《まなべ》の叔母《おば》さんがお祝いパーティーをしてくれるって」

「よかったね」

「でも、あやねえにもして欲しいな」

あやねえはうなずいた。俺はふと思いついて言った。

「ねえ……、前に言ってた、小旅行するっていう件。あれをお祝いの代わりにするのはどうかな？」

あやねえは一度、目を瞬《しばたた》かせて、

「うん、いいね。お祝い兼旅行。ちょっぴり景気が良くなるね」

＊

？　なぜだろう。

不意に足元がおぼつかなくなって、綿雲の中に落っこちたような気がする。

頭の裏に温かな感触を覚える。人肌のぬくもりだ。

徐々に意識が明瞭になっていく。ようやく俺は自分の状況に気づく。

——俺はあやねえに膝《ひざ》枕をされていた。

あやねえの手が俺の髪の毛をどかす。俺に意識が戻ったのを察したあやねえが言う。

「おはよ、よく眠れた？」

俺は上手く言葉を発せない。目が覚めたばかりというのもあるし、どうしてこんなことになっているのかもわからない。

「ぐっすり眠ってたよ。よっぽど疲れていたんだね」

「……どういう状況？」

あやねえはくすくす笑う。それと同時に彼女の膝《ひざ》もゆりかごみたいに揺れて心地が良い。

「みっくんが私の膝の上に寄りかかってきたんだよ？　どうやら眠っちゃったみたいで。動かすと起きちゃうかなと思ってそのままにしてた。よく休めたかな」

あやねえが言う。テスト勉強の最終日ということで、疲れが溜まっていたらしい。いきなり眠りに落ちるほどだとは思わなかったけど。

あやねえの緑色のカーディガンの身頃が、焦点が合わないほどに近くにある。頭上にはあやねえの柔らかそうな胸がある。白いキャミソールはそれに合わせてなだらかにたわみ、俺の顔の近くにまで流れてくる。あやねえの顔貌《がんぼう》は電灯の陰になっていて薄暗く、唇とまつ毛は普段よりも大きく見えて、鼻梁《びりょう》は独特の陰影を作っていた。

ずっとこうしてあやねえの体温を感じ、彼女を見ていたい。

でも、そういうわけにもいかないから、名残惜しいけれども体を起こした。

変な姿勢で寝ていたのだし、体が凝《こ》っていてもおかしくないのだけど、不思議と何処《どこ》も痛くないし、逆に力が充実しているような気がした。

「なんか、明日のテスト頑張れそうな気がするよ」と俺は言う。

そう？　なら良かった、とあやねえは言った。

3
まだ来ない夏に思いを馳せて

木曜日のテストでは実力以上の力が出る。見直しも含めてバッチリだった。テストを終えた後の教室は和気あいあいとしていた。テスト自体は好きじゃないけど、戦友と健闘を称え合うような、この空気は嫌いじゃない。

筆箱を鞄《かばん》に詰めていると水越《みずこし》が俺の席にやってくる。

「水越はテストどうだった？」

「は？　死んだよ。それより――」

と言って、テストの慰労会に俺を誘う。

それはラインで前から企画されていたもので、参加者の大半は水越の塾の友達で、男子四人と女子四人だった。

一人の女の子が俺の机にやってきて、さり気ない笑みと共に言う。

「幹隆《みきたか》くんも来るんだよね？」

御武凪夏《みたけなぎか》だ。今日は半袖の制服を着ている。春と夏の狭間《はざま》の六月だから長袖の生徒も半袖の生徒も混在しているのだけど、スポーティな凪夏《なぎか》は少し前から半袖で通している。

　陽光を受ける凪夏の四肢は眩《まぶ》しく、彼女自身も日に日に活力が増しているような気がする。たぶん凪夏は夏が似合う女の子なんだろうと思う。

「水越《みずこし》と塾が同じなんだっけ？」と俺が聞く。

「違うよ、でも直梨《なおり》に呼ばれちゃって」

「ふうん」

「智絵美《ちえみ》ちゃん？　の企画した会なんだよね」

　智絵美ちゃんというのは水越の塾の女友達だ。言い方的に、凪夏はそんなに親しくないのかもしれない。ちなみに直梨ちゃんの方は凪夏と仲が良い女の子のはずだ。

「行くか迷ってたんだけど、幹隆《みきたか》くんもいるなら行って正解だったね」

と、凪夏はレンブラント光線みたいに燦然《さんぜん》とした笑みを浮かべる。

　俺も凪夏がいるなら行って正解だったよ、と言ってみたかったけれども、そんな気の利いた言葉が急に出てくるほどに女の子慣れしていないのだ。

　慰労会の開催場所は水越が決めた。上級生が教えてくれたというカフェで、学校から徒歩圏内にあって、程よく隠れ家的で、価格帯が安くて高校生でも入りやすいという三拍子が揃っている。

「八人で予約した水越です」と口にする水越の背中は、いつになく緊張して見える。

「水越くんって普段からこういう所に来るの？」と端本《はしもと》智絵美が聞く。

「おお、来まくりよ」と言う水越は明らかに挙動不審で、全く来慣れてはいなそうだったが、智絵美ちゃんはあんまり深掘りせずに「ふうん」と言う。

ここに来る前に水越は、智絵美ちゃんを狙っていると男子陣に言っていた。

だから「頑張れ、水越」と思う一方で、「こいつ、最近別の女子にコクってフられたばかりなんだよな」という冷ややかな感想も抱く。

まあいいか。高校生は得てして軽佻《けいちょう》浮薄《ふはく》なものだ。

ややくたびれたソファに、ヴィンテージらしい手触りのブランケットがかかっている。窓には黒い格子が付いていて、その隙間からまばらな陽光が射し込んでいる。

場所もあって、どこか浮ついた雰囲気で会話が進む。

とはいえ会話の内容は教室の中とあまり変わらない。終わったばかりのテストの話や、友達の話や、動画サイトの話だ。

若干の退屈さを感じている俺がいる。

ちらりと凪夏を見る。やや遠くに座ってしまったので、あまり話せない。

八人も居ると、なんとなく四人と四人で会話が分断されてしまうもので、凪夏は俺の加わっていない会話の中で明るく笑っている。

せいぜい、

「あ、その漫画、幹隆《みきたか》くんが好きって言ってたよね」

と凪夏《なぎか》がふと言って、一瞬だけ四人と四人の会話が接続されて、俺が、

「そうなんだよねー」

と言い、

「ねー」

と凪夏が言って、符丁《ふちょう》を送り合うみたいに二人の目が合って、それきりだった。

そうだ、その漫画、新刊が出たんだよ。

その話を凪夏としたい。

でも会話は直《す》ぐに別の方に向かっていく。

ふと智絵美《ちえみ》ちゃんがスマートフォンを見ながら言う。

「あ、直也《なおや》くんも今、慰労会やってて、来る人を募集してるってさ」

直也くんというのは同じクラスの陽キャだ。それ以上のことはよく知らない。遠目に見ている分には中身のなさそうな奴というイメージで、これ見よがしに制服を着崩している姿は本当に心の底からダサいと思うのだが、なぜか女子からの評判は悪くない。

「へえ……」と俺の隣に座っている水越《みずこし》は言うが、目に見えてあたふたしている。

そう言えば、智絵美ちゃんはさっきからあんまり楽しそうにしていないな。水越の会話も空

回り気味だ。まあ同席している俺の責任もあるかもしれないが。

どうやら智絵美ちゃんは、別の会への乗り換えをちらつかせているらしい。

ちょっとムッとする。こっちに来たんだから、こっちで楽しもうよ。

「私、直也くんの方に行っちゃおうかなー」と智絵美ちゃんが思わせぶりに言う。

「ええ、そんなこと言わないでよ」と水越が素の声で言う。

うざいなこの子。俺が「行けば？」と言ったらどうするつもりなんだろう。

水越、この子性格悪そうだからやめといた方がいいよ。


それから八人でバッティングセンターに向かう。これも水越の提案だ。

男女のグループで行く場所として、バッティングセンターってどうなんだろう？　と思っていたら、案の定盛り上がらなかった。

凪夏以外の女の子は、そもそもバットが上手く振れないみたいだ。ボールが来ていなくたってスイングが腰砕けになるし、わざとらしいくらいにボールを怖がるし、運良くバットにボールが当たっても、とても気持ちよくは飛ばない。

凪夏だけは普段テニスに打ち込んでいるのもあって、スイングはそれなりに様になっているし、バットに当たるとちゃんと前に飛ぶ。

「やっぱり私、直也くんの方に行こうかなー」

と、智絵美《ちえみ》ちゃんが言い出す。

行け行け。

既に俺は一人で楽しむモードに入っていて、百四十キロのボールにどれだけ立ち向かえるかを楽しんでいる。

隣の打席には凪夏《なぎか》がいる。上手くヒットが飛ばせないことに対して闘争心が湧いたらしく、さっきから何セットか繰り返していて、今は『もっとボールを見た方がいいのかな』なんて独り言を呟いている。

俺が打席から出てくると、水越《みずこし》がこんなことを言い出す。

「じゃあ俺も、智絵美ちゃんと一緒に直也《なおや》の会に行くよ！」

へえ、そういう流れになるのか。

女の子たちはバッティングセンターで冷めていたのもあって、水越の提案に乗る。男子たちも水越が言うのなら、ついていくのも止《や》むなしという感じだった。

でも俺は、これ以上他人に愛想を使うのも面倒くさいと思って、バッティングセンターに残っていくことにする。

直梨《なおり》ちゃんが凪夏に聞く。

「凪夏はどうする？」

金属バットを構え、安っぽいモニターに映し出されたプロ野球選手の、投球モーションをじつくりと見つめながら凪夏が言う。

「え!!　ごめん！　もっと打ってく！」

ボールをバットでカーン！

凪夏は完全にバッティングに集中している状態だったので、それ以上、直梨ちゃんも話しかけられない。

水越たちはバッティングセンターを去っていく。

俺と凪夏だけが残る。


一セットを終えた凪夏が悔しそうに打席から出てくる。

額にはわずかに汗が滲《にじ》んでいて、制服の半袖のポロシャツの上部ボタンを全部開けている。そこから見える肌色にちょっとだけ目を奪われる。

「ねえ、全然飛ばないんだけど、コツとかあるの？」

凪夏が聞く。俺はどちらかというと凪夏のバッティングの上手さに感心していたのだが。

「今日初めてバットを持ったにしては、かなり飛んでる方だと思うよ」

「えーでも、幹隆《みきたか》くんとか、向こうの打席にいるおじさんとか、もっと飛ばしてるじゃん」

凪夏の指差す打席を見ると、確かに百五十キロほどのボールをヒットにしているおじさんがいた。

バッティングセンターは常に同じ場所に球が来るので、コツさえ掴《つか》めばプロじゃなくても速い球を打つことができる。にしてもかなり打ち慣れた様子だ。

「やっぱり野球の経験がないと駄目《だめ》なの？」

「バッティングセンターと実際の打席は違うから、そうでもないと思うよ」

「どうすれば打てるかな？」

「えー、そんなに気の利いたこと言えないと思うよ」

「まあ、いいから」

なんて言おうか。難しいことを言って初心者を混乱させてもな、とは思うものの、丁度いいアドバイスがどういうものかもわからない。

「バッティングフォーム自体は、段々と良くなってると思うけど――」結局のところ、俺は思ったままのことを言う。「体じゃなくて、手で打ってしまっている時があるから、もうちょっと脇を締めてバットをしっかりと握った方がいいと思う」

「ふうん？」

「野球の球ってテニスの球よりも重いから、たぶんテニスよりも、体の重みを活かして打ちに行くイメージなのかな？　あんまりテニスの方は詳しくないから、正しいことを言っているかはわからないけど」

「それで？」

「打つ時に前足を上げるでしょ。で、左腰を回して右膝《ひざ》を回転させるよね。すると、バットが自動的に前に出てくる感じになると思うんだけど」

「……??」

「手で当てに行くんじゃなくて、腰を当てに行くというか」

「ちょっと待って」

凪夏《なぎか》は手に持っていたバットを一旦床に置くと、架空のバットを振りかぶって、自分がさっきまでやっていたバッティングフォームを再現すると言った。

「もっかい言って」

「前足を上げる。で、左腰を回す」

凪夏は俺の言うままに足を上げて腰を回す。人形遣いにでもなった気分だ。

「ちょっと足を上げすぎかな。もっと軸を安定させて……」

「色々教えてくれるじゃん」凪夏は笑う。

「あはは、なんか言い始めると言いたくなるね」つい俺も笑ってしまう。

「で、次は？　コーチ」

「それから、体の前にカベを作るイメージで……」

「幹隆《みきたか》くんもやってみせてよ」

俺も立ち上がり、凪夏のバッティングフォームの真似をする。体でボールを打つのではなく、手で打ってしまっているやり方だ。

「凪夏《なぎか》のフォームは今、こうなってしまっていると思うんだけど」

「えー、なってないと思うよ」凪夏が不満を述べる。

「いやいや、なってたよ」

「そうかな」周りに誰もいないことを確認した後、凪夏はすこし迷った素振りを見せてから、地面に置いていたバットを拾い上げ、それをスローモーションで振る。「どう？」

「うーん……」どうしよう。間違っていることはわかるんだけど、言語化しづらい。「なってはいるんだけど」

「そっかー……」凪夏は落胆して言った。「ちょっと一旦、全部聞こうか。体の前にカベを作ってどうするの？」

「カベを作って、なるべく突っ込まないようにするんだよね。手じゃなくて腰を当てに行くイメージなんだけど——」

それからしばらくスイングについて説明する。しかし感覚的なものを言葉で説明しているからか、あるいは単に俺の説明が下手なのか、中々上手くいかない。凪夏は俺の言っていることを取り入れて実演してくれるのだけど、それも毎回、俺のイメージとすこしだけ食い違っていて、回線の悪い通話で伝言ゲームを続けているみたいだ。

続けていくうちに、むしろ最初のフォームから崩れてきてしまっている気もするし、「まあ試しに一回打ってくるね」と言って凪夏がセットに入ったところ、逆にその日で一番悪い成績を取ってしまった。

「もう、頭がこんがらがってきたよ」凪夏が音を上げる。

「結局は自由に打つのが一番――」

「いや、逃げないでよ幹隆《みきたか》くん」大きな声で凪夏が言った。「私、まだ手で打っちゃってるんだよね」

「段々と訳がわからなくなってきたけど、そこに関してはそうだね」

俺は架空のバットを手に持って、手ではなく腰で打つフォームを実演する。凪夏も同じようにバッティングフォームを作るけれども、足も上げすぎだし脇も空いてるし……ああ、俺の下手なアドバイスのせいなのか色々とバラバラだ。

「ちょっとごめん……いい？」

と言って、俺は凪夏の後ろに周り、彼女の左手を引く。

思ったよりも柔らかい腕だ。女の子の体って、触るたびに体の作りの違いを感じさせられるようですこしドキドキする。三割くらい霞《かすみ》で出来ているような気がするのだ。

俺は左腕の位置を調整し、さっきよりも脇を締めさせる。

「うん、こんな感じだよ」

……その場の流れで触ってしまったけれども、このまま後ろから抱きしめてしまえそうな危うい体勢だ。

凪夏《なぎか》が聞く。

「で、どうするの？」

彼女の方も、普段よりもすこし緊張した面持ちに見える。

「次、腰なんだけど……いい？」

「一々いいって聞かなくていいよ。聞かれるとさ、ちょっと照れるじゃん？」

と言って、凪夏ははにかむように笑う。俺も釣られて照れ笑いを浮かべる。

しかし凪夏はスポーツに関しては真剣だし、俺も真面目《まじめ》にやらなければと思う。

ちゃんと重心を安定させることができ、落ち着いて白球を捉《とら》えられる場所に腰を置く。

すると凪夏がからかうように言う。

「……幹隆《みきたか》くん、触り方エロくない？」

「ええ、エロくないよ」

「あはは、冗談だよ」と凪夏は笑う。俺は一瞬真に受けてしまったので、戸惑った表情のままだった。「ごめんごめん、真面目に教えてくれてるのに悪かったね」

お互いに緊張しすぎていたので、空気を弛緩《しかん》させたかったのかもしれない。だから俺もわざと、普段よりも騒がしめに笑ってみた。

俺が位置調整をすると、凪夏はうんうんとうなずいて、ふたたびバットを振った。

すると、さっきまでの混乱ぶりが嘘《うそ》みたいに綺麗《きれい》なスイングになっていた。難しい知恵の輪が、理屈もわからないうちにいきなり解けたみたいだった。嬉《うれ》しい一方で、なんだか拍子抜けのような気分にもなる。

でも何かが上手くなる瞬間って得てしてこんなもので、色んな物事がごっちゃになって混乱した状態から、きゅっと一つに収斂《しゅうれん》して洗練されるものなのかもしれない。「訳がわからない状態」って、意外と正解の真横にあったりするのだ。

凪夏《なぎか》自身にもスイングが向上したことがわかったのか、「ちょっとこの感覚を持ったまま打ってくる」と言って、早足で打席に向かった。

二十球中十三球をヒットにする。

今日一番打てたのと同じ数だ。

でも単にヒットを打つのと、バッティングを意識しながらヒットを打つのとでは違う。凪夏もそれがわかっているのか、連続してもう一打席に入る。

最初の十八球のうち、十四球をヒットにする。

俺は十四回目のヒットの時に、つい廊下で歓声をあげてしまう。廊下の窓ガラス越しに声を上げる俺を見て、凪夏が微笑《ほほえ》む。天井の防球ネット越しの陽光を浴びる彼女の顔貌《がんぼう》は綺麗で、そのまま清涼飲料水の宣伝パネルにでも使えそうだった。

二十球目の打球が来る。

凪夏はそれを鋭く振り抜く。

彼女の打った白球は天井のネットに勢いよく突き刺さる。掛け値なしにホームランと言っていい打球だった。

凪夏は天井を仰いで眩《まぶ》しそうに目を細め、しばらく白球の当たった場所を見つめ、誇らしげにその残像を見つめていた。

彼女が打席を出て廊下に出てくる。俺がハイタッチを求めると、凪夏ははしゃいだ笑みを浮かべてそれに応えた。


帰り道。

凪夏は心なしか普段よりも上機嫌だ。まだホームランの余韻が残っているらしい。ちょっとスキップでもし始めそうな雰囲気だ。

「テストが全然良くなくてブルーだったんだけど、気分が上がってきたな」と凪夏が言う。

「俺もテストの不安が消えたよ」

「幹隆《みきたか》くんはずっと私のコーチだったね」

「今日はコーチ冥利《みようり》に尽きたよ」

とか話しながら、夕暮れの路地を歩く。

東京にしては背の低い建物が立ち並んでいる地域だ。だからか空が広く、西日の紅色が空の表面をたっぷりと充たしている。その上をほつれたマフラーみたいな雲がたなびき、夕暮れの赤を浴び、火星の丘陵のような複雑な色合いを作っている。よく見ると雲たちは風を受けて、形を変えながら空をゆっくりと動いている。地球が自転していることを思い起こさせるような、重々しいと同時にさり気ない動き方だ。

　ちょっと会話が途切れる。

　二人して何か、形のないものを待っているような沈黙だ。

　その沈黙にこの話題を差し込むのが正しいのかどうかはわからないけど、俺は実のところテスト期間の前からずうっと凪夏《なぎか》に言ってみたかったことを口にした。

「また、前みたいなカフェに行く奴をやろうよ」

「と言うと？」凪夏は面白そうに俺を見上げる。

「デートだよ」

「もちろんいいよ。でも……」凪夏は少し迷った素振りを見せてから言った。「こういうことははっきりとさせておきたい性分だから聞くんだけど、真辺眞耶《まなべまや》さんは怒らないかな？」

「ええ……??」ちょっと予想外な発言だ。「なんで？　前も言ったけどただの従妹《いとこ》だよ」

「そっか……うん」

「なにか気になる？」

「いいや、私の思い過ごしかな」凪夏は一人で勝手に納得して、「あ、それだったらカフェじやなくてさ、前から気になってた所があるんだ」

「どこ？」

「幹隆《みきたか》くんは動物好き？」

「凪夏がテスト期間中に、時たま動物の癒やし動画を送ってくれたから、だいぶ好きになったよ」

「あはは、じゃあ良かった」くすぐったがるような笑みを浮かべて、「最近、荒川自然動物園に新しく、ふれあいコーナーが出来たんだって。そこに前から行ってみたくて」

「もちろん行くよ。凪夏は動物園にはよく行くの？」

凪夏は夕焼けの方を見て、眩《まぶ》しそうに目を細めた。

「うん。鹿児島にいた時はよく一人でも行ってたな。家の近くにあってね。カピバラとの触れ合いコーナーが好きだったんだ。カピバラはもちろん可愛《かわい》いんだけど、段々、その隣にいるマーラやミニブタも可愛く思えてきてね。にんじんをあげるとしっぽを振りながらバクバクと美味しそうに咀嚼《そしゃく》するの。きっと幹隆くんも気に入ると思うよ」

「楽しそうだね」と俺は言った。それは実に楽しそうだった。

地下鉄の入り口が近づいていくる。地下に潜《もぐ》る前に、凪夏はふたたび空を見て、風の匂いを感じてから言う。

「もうすぐ、夏だね」

＊

その日の夕方に、俺は真辺《まなべ》家に向かう。

『テストお疲れ様パーティー』のためだ。

真辺家に行くのは一週間以上ぶりだ。「勉強に集中したいから」という理由で、テスト期間中は伊緒《いお》からお泊り会を禁じられていたし、ずっと夕食をファミレスで取る日々を続けていたからだ。

二〇三号室の玄関のドアを開けると、騒がしいテレビの音と誰かの笑い声が聞こえる。温かで、いつだって不思議と懐かしい真辺家の団欒《だんらん》だ。

ＬＤＫに繋《つな》がるドアを開けると、笑い声がさっきよりもはっきり聞こえるようになった。声の主はソファの上でだらしなく寝転がっている、俺の従妹《いとこ》の伊緒だ。

クラスでは清楚《せいそ》なアイドルを気取っている伊緒だが、その実ぐうたらな所もあり、今は制服姿のままソファの上で寝転がり、ボタンを片方だけ外したリボンをふらふらと揺らし、学校では皺《しわ》一つないカッターシャツをくしゃくしゃにして、その下にあるキャミソールをはみ出させ、白いお腹が見える状態でバラエティ番組を見てバカ笑いをしていた。

テスト期間で鬱屈《うつくつ》していたのもあるんだろう、いつもの二割増しくらいでハジケていた。クラスの他の誰にもこんな伊緒は見せられない。昼に智絵美《ちえみ》ちゃんから「伊緒ちゃんって本当に全てが完璧で、憧れるよね」みたいな話を聞かされた後だから特に。

　俺を見て、伊緒はやけにハイテンションに言う。

「やっほー、幹隆《みきたか》じゃない！」

……？　俺の来訪に機嫌をよくしてくれるのは嬉《うれ》しい……のだけど。

「おっす」

「おっす〜、元気？」伊緒は勢いよくVサインをこちらに突き出した。

「……まあ、元気ではあるけど」何このハイテンション？

「あ、この番組が気になる？」伊緒はテレビのリモコンを振り回しながら、全然興味のないテレビ番組の話をべらべらと始める。「これはね、ずっと見たかったのにテストで見られなかったバラエティ番組!!　最近テレ朝で始まって、ティックトックで切り抜きが話題で……って、あっはっは!!　ちょっそりゃないでしょ!!　あははははは!!」

　俺はテレビの画面を見る。

　だが、途中から観たからだろうか。あんまり面白さが感じられない。

　というか、なんだろう……？　伊緒が、ちょっと無理矢理笑っている感じもする。無理して自分をハイに持っていっているような……。

　本来するべき話題をすっ飛ばしているからかもしれない。

俺はコホン、と改め直して聞く。

「……伊緒《いお》、テストはどうだった？」

「はあ？　テストの出来⁇　何それ、あんたと関係ある⁉」伊緒は急にキレた。「てか一昨日《おととい》の物理の問題、意味わかんなくなかった？　あの教師、なに考えてんのよ！　優しそうでサボりやすいおじいちゃん先生だと思っていたのに……」

と、ぶつくさ文句が始まったので、たぶん出来は良くないんだろう。

まあ確かに最初のテストって、「教師の本性が見える」感はある。それに伊緒の言う通り、一昨日の物理は難しかったけど……。

「……まあでも、俺は物理自体に自信がなかったから、皆が出来てないのを見て、ちょっとラッキーだと思ったよ？」

「何バカなこと言ってんのよ」伊緒ははっきりと俺を叱った。「こういう時はね、得てして意外と平均点が高いものなの。なぜなら実際は解けたのに『難しかったー』って言う、人狼みたいな同級生が割といるものなんだから」

「まあ、そうかもだけど……」

「もう、テストが上手くいってるのに、口先だけ『出来なかった～』って言う奴を法律で規制した方がいいわよ。刑罰は――」

すこし考えてから、重大発表をするように伊緒が言った。

「死刑!!」

そうか。

「国会で全会一致!!」

そうか。

ともかく、やっとテストが終わった。だから俺も伊緒の番組を見て、何も考えずにハハハと笑いたい気分だった。

でも、やっぱりあんまりツボにはまらない。これで爆笑している伊緒を見て、ちょっとゾッとするくらいだ。

伊緒はよっぽどテストが出来なかったのだろう。悲劇は客観的に見ると喜劇だ、って言うけれども、喜劇も客観的に見ると悲劇になるのかもしれないな……なんてことを考えながら、飲み物でも飲もうと思って腰を上げた。

すると食卓の椅子の上で、小さく体育座りをしながら読書をしている眞耶《まや》が目に止まる。元から小動物に近いイメージがある彼女だが、こうしていると本当に子リスとか子うさぎみたいだ。

「眞耶はテストどうだった?」

冷蔵庫からミネラルウォーターを取り出しながら俺は聞く。

「微妙かなあー」

「一昨日《おととい》の物理、難しかったよな」

「うん、うちも難しくて、全然出来んかったよー」

「そうだよなー」

「そうそう、たぶん、力の合成を使うんかなって思ったけど、あんまり自信はないかなー」

ん……？　なんだろう。

やけに違和感があるな。

なにかを隠そうとしているような……。

もしかして俺は今、解けているのに解けてないと言ってる被告人を目の前にしている？

テストが解けなさすぎて壊れている伊緒《いお》と、テストが解けすぎて小さくなっている眞耶《まや》が同じ部屋にいる……？

あんまり突っ込むと、死刑の執行と従妹《いとこ》の命の間で揺れ動く、一大サスペンスが始まりそうだったので、テストに関する話はそれで終える。

伊緒はつまらないバラエティ番組を見ながら無理矢理笑っているし、眞耶は居場所がなさそうに小さくなって本を読んでいるので、せっかく真辺《まなべ》家に来たのに手持ち無沙汰だ。中間テストは残酷だ。

適当にソシャゲーのスタミナ消費をしていると、叔母《おば》さんが料理を始める。コトコトタンタンという楽しげな音を聞いているうちに完成して、テーブルに並べられる。

今日のメニューはキウイのカプレーゼ、カレードリア、ソーセージとじゃがいもの炒めもの、ホタテときのこ類のペペロンチーノ……と、叔母さんの家で、俺が一度は食べたことのある主力メンバーや、初めて見る美味しそうな料理が揃っていた。さらに言うと冷蔵庫に自作のプリンもあるらしい。カラメルが苦くて美味しいのだ。

叔父《おじ》さんも部屋から出てきて、いただきますをする前に、わざとらしく叔母さんが言う。

「あれれ、ちょっと料理が多いわよ？」

確かに、言われてみればまるまる二人分取皿が多い。料理だって約一・五倍の量になっているので、テーブルからお皿が溢《あふ》れんばかりになっている。

いたずら好きの叔母さんが、またしても新しいドッキリを仕掛けてきたらしい。

しかし二人分の料理を増やしてできることなんて何も思いつかない。

何が始まるんだろうと思った、その時だった。

不意に誰かの温かい手が俺の視界を遮《さえぎ》った。

「だーれだ！」

やたらと人懐っこい調子の、舌足らずな声が聞こえる。

誰だろう？　年下の女の子のような気がするのだが、正体がわからない。

ふと伊緒《いお》の笑い声が聞こえる。食卓が和やかな空気に包まれていくのが音だけでわかる。

だがその渦中にいる俺の頭にはいくつものクエスチョンマークが浮かんでいる。

俺の目を隠しているのは年下の女の子であり、もちろん伊緒や眞耶《まや》でもない、
となると、新たな従妹《いとこ》だろうか。

しかし名前がわからない。最後の中堂《なかどう》会が四年前の夏だから、その子と会ったのも四年前が最後だ。声だけじゃ何のヒントにもならない。だいたい声色《こわいろ》自体も変わっているだろう。

声の感じ的に小学校の高学年から中学生くらいだろうとは思うのだが、その年代の従妹が一人や二人じゃないというのが中堂の血族の特徴だ。

じれったいなあ、と後ろの女の子が言う。そして続ける。

「みきにい、もっと簡単にするから後ろ向かないでね？」

「おう」と俺は答える。

その会話で記憶の栓が開いて、思い出が脳にぱっと広がっていく感じがした。

そうだ、この子は——。

答えが出てきそうになったその瞬間、なにやら柔らかくていい匂いのする長めの布が俺の頭にかぶせられた。

なにこれ、気持ちいいっ。

「だ～れだ、その２っ!!」

黄色い声で女の子が言う。

視界が水色の布でフィルタリングされる。大きな布は俺の顔から胸の辺りまでを隠している。布が俺の顔にピシッと当たるように手でピタッと留められている。それをやっているのは女の子自身だ。

背中に温かな体温を感じる。

素肌？

あっ、もしかして。

俺は今、手の代わりにワンピースのスカートの部分をかぶせられて「だーれだ」をやられているのか。

状況を理解する。そしてそのことで、さっきまで頭に浮かんでいた従妹の名前が一時的にトんでしまう。

オイオイオイ……なんだか頭の上にめちゃくちゃ柔らかくて重いものが乗っかって、俺の頭部に無防備にぐいぐい押し付けられているんだけど……。

ふかふかでふにゅふにゅで温かくて気持ちがいい。俺の頭をなぞるように大きな脂肪のかたまりが凹《へこ》んでいるのがわかる。スポーツブラジャーなのか直接の感触はメッシュなんだけど、それでもその向こう側にあるたわわに育った張りがいいモノの感触は全然感じられる。ワンピースの中に頭を入れているのだから、当たり前だがめちゃくちゃ「女の子の匂い」もする。一面の花畑に落っこちたみたいだ。俺は慌《あわ》ててバタバタするが、どうやら彼女は俺が逃げようとしたと思ったらしい。ますます力強くワンピースの中に俺を捕まえてこう言う。

「こら、みきにい！　逃げるな～～～っ！」

きゃっきゃと笑っている。どうやら彼女は、自分がやっていることを単なる従兄妹《いとこ》同士の戯れくらいに思っているらしい。一切の邪気のない様子で俺をがっちりホールドする。

こうなっては答えを言わないと逃げられない。俺は決死の覚悟で彼女の名前を呼んだ。

「日和《ひより》!!」

日和っ！　日和だろ、日和!!　日和～っ！　と繰り返す。それが面白かったらしく、ワンピースをぱっと剥《は》がすと日和がけらけら笑って、白い歯を見せて言う。

「そうだよ～、日和だよ～～！　みきにい、久しぶり～～っ!!」

水鳥《みなとり》日和。俺の四つ年下の従妹《いとこ》だ。

日和は元気一杯に、シュッ！　シュッ！　と口で擬音をつぶやきながら、ボクサーの真似事をして俺にパンチを打ち込んでくる。

俺はなんとか四年前に日和と遊んだ時のノリを思い出して……というかそういう記憶って

咄嗟《とっさ》に出てくるもんで、「右！　左！　右！　左！」とか言いながらトレーナーの真似をして、彼女のパンチを受け止めた。

　すると満足したらしく、日和《ひより》は全く脈絡のないタイミングで「あはははは!!」と夏至の日の太陽くらいの明るさで笑って、それから「伊緒《いお》ねえ！　眞耶《まや》ねえ！　真辺《まなべ》の叔母《おば》さん！　叔父《おじ》さん！」と、そこにいる一人一人の名前を大声で呼んだ。

　自然と食卓は笑顔に包まれた。水鳥《みなとり》日和はいつだってこういう女の子だった。中堂《なかどう》会でも、日和の周りでは笑顔が絶えなかった。日和は食卓を走り回ったり転がったりしては、時たま名前も知らない怖そうな伯父《おじ》さん（中堂会にはたくさんいた。何の仕事をしてるんだろう？）にゲンコツを食らって泣いたりしていた。

　小学六年生になった今の日和も、大きくは変わらない。

髪の毛は活発な印象を与えるショートヘアで、肩にかからない丁度いい長さで切り揃えられている。目はひまわりみたいに大きくて、瞳は好奇心旺盛な犬みたいにくりくりと輝いている。口も大きくて、大きな目と口が彼女の感情を一〇〇パーセントの透明ガラスみたいにはっきりと伝えている。童顔だけれども、伊緒とあやねえに似て鼻筋が通っているし、たぶん「将来美人になりそうな顔」というのはこういった顔のことを言うのだろう。着ているのはさっき俺が顔を突っ込まれた水色のワンピースで、胸の下にリボンを巻く形式で、「だーれだ」の時に外れたらしく、慌《あわ》ててちょうちょ結びにしている。

なんだか、あの頃の日和をそのまま大きくしたみたいで微笑《ほほえ》ましいけれども、一つだけ大きな違いがある。

胸が大きくなっていることだ。

俺が日和に最後に会ったのは彼女が小学二年生の時だ。当時の彼女には、当然ながら体に起伏のようなものはなかった。むしろ自分の背の低さをコンプレックスに思っているような女の子だったのだ。

まあ、背丈自体は残念ながら小学六年生にしては低い気がする。だが縦には成長していないのに胸だけはすくすく発育している。そこだけが福袋みたいに大きくなっている。俗な言葉を使うならロリ巨乳という奴だろう。小学生なのにこんなに胸が大きい女の子っていたっけなと記憶を辿《たど》ってみるけれども、思い返してみるとクラスに一人くらいはいた気がする。

ワンピースの胸の部分にはかなりのボリュームがあって、胸下のリボンに濃い影を落としている。胸の突端に向かって衣服の皺《しわ》も集まっていっているので、なんとなくその下にあるもののことを想像をしてしまう。見た目にくわえて触り心地も想像してしまうのは、実際にそれに触れたからだろう。ずっしりとしたマシュマロみたいな物体だった。

当たり前だけど胸だって脂肪だから、同じ大きさの水と同じくらいの重量はあるんだな。弾力も相まって、こう否応なしの「実在感」があるというか。そういう意味だと、マシュマロよりもプリン？

いやいや、俺は一体何を考えているんだ。日和《ひより》の胸の感触を反芻《はんすう》するとか、そんなのはもう、従兄《いとこ》失格だろ。太宰治の『従兄失格』だろ。

当たり前だが真辺《まなべ》家の食卓は、まさか俺がそんなことを意識しているはずがない、という空気で進んでいく。というか、そんなことがバレたらこの食卓の和やかな空気が全部終わることが想像できる。

伊緒《いお》だって俺のことを『幹隆《みきたか》、キショすぎ』と笑うだろう。笑ってくれた方がまだマシ、という状況だってあるだろう。

落ち着け、俺。

よし、落ち着いた。

冷静に考えてワンピースの中に顔を入れられて、胸を頭に押し付けられるのは駄目《だめ》だろ。従妹《いとこ》だからとかそういう問題じゃないから。

しかし、よりによってあの日和の胸がこんなに大きくなるとは……。ってまた俺は日和の胸のことを考えている。いやいや、こんなの男子だったら絶対に意識するって。誰だって日和のワンピースの霊窟《れいくつ》の中に頭を突っ込んだら同じ気分になるって。なることとなっていいことが別だから問題なんだって。

とか考えていると、真辺の叔母《おば》さんが言う。

「もう一人いるのよ」

そうだ、取り皿は二人分増えているのだ。となると今日このパーティーに参加する従姉妹《いとこ》はもう一人いることになる。

あやねえだろうか、と一瞬思う。でもあやねえだったら一回真辺家に来ているし、サプライズにするほどでもないよな、と思う。

廊下に面した洗面所から女の子が一人出てきた。俺たちが気づかないうちに、こっそり玄関から入ってそこに待機していたのだろう。彼女はＬＤＫに繋《つな》がるドアを開けた。

その子を見て、俺はあらゆる言葉を失った。

ぽかんと口を開けたまま動けなくなった。

ブリーチされた、透明感のある金色の髪。和やかな従姉妹たちの団欒《だんらん》にありながら、彼女の周りの気温だけが一度ずつ下がっていくような、どこか研ぎ澄まされた空気。視線は俺たちの方に向けられていなくて、ワインレッドのネイルに留められている。衣服は、ネイビーのデニムのビスチェに、フリルとリボンの付いたブラウス、ワイドベルトと丈の短いショートパンツ。そこから伸びる、白い蠟燭《ろうそく》みたいな脚がやけに無防備な印象だ。

伊緒と眞耶《まや》はその姿を見ても、誰の名前にも結びつけられていない様子だ。でも俺には見覚えがある。

「猫娘……？」

そうだ、彼女はここ数日、俺と一緒にファミレスで勉強した猫娘だ。

でも猫娘は全く、俺の方を見てくれない。伊緒《いお》も「猫娘って誰？」と言うだけで、彼女の正体には思い至らない様子だ。

真辺《まなべ》の叔母《おば》さんだけがやけに明るい声で言う。

「ほらー、変わっちゃったからわかんないかしら」

ようやく猫娘が少しだけ顔を上げ、意味ありげな視線で俺を見る。

真辺の叔母さんは続ける。


「麻織流南《まおりるな》ちゃんよ」


猫娘は唇の端に意地悪な微笑《びしょう》を浮かべる。

麻織流南という従妹《いとこ》については知っている。俺の一つ年下の従妹だ。

でも記憶の中の流南はこんなに派手な女の子ではなかった。瓶底眼鏡のポニーテールで、あまり従姉妹《いとこ》たちの輪には混ざらず、迎賓棟《げいひんとう》の隅っこで本を読んでいるような女の子だった。

目の前の子と流南の記憶が上手く混ざり合わず、全く別の女の子が麻織流南を名乗って現れた印象すらも受ける。

「そーだよ、流南ちゃんだよ。私も最初に見た時はわかんなかったんだけどね!!」

と補足するように日和《ひより》が言う。それを聞いた眞耶《まや》は、ようやく記憶と現在が繋《つな》がったように、「流南ちゃん」と親しげに声をかける。

一瞬だけ、二日前の件が気になったのか、俺の方をチラリと見たけれど、俺を見たのはそれきりだった。

遅れて伊緒が、ピンと来ているのかどうかはわからないが、眞耶と歩調を合わせて呼びかける。ちょっと疑問符付きで。

ぎこちない団欒《だんらん》が生まれる。緊張の糸はすこしずつほぐされて、見慣れた親しげな風景に戻っていく。でもその輪の中に、俺だけは上手く混ざれない。

……麻織流南？

だって彼女は猫娘だろ？

流南は正体を隠して毎日俺と会っていたということ？　それとも彼女もまた、俺が牧野《まきの》幹隆《みきたか》だと気づいていなかったのか？

いや、違う。

今、彼女がまとっている何処《どこ》か確信のある雰囲気からして、その推測は違う。

彼女は俺が牧野幹隆だと知っていて、あえて素性を隠していたんだ。

理由はわからない。でも流南は漆黒の瞳で俺を見つめると、紅い唇を意味ありげな微笑の形にして、ふざけたように言った。

「やあ、麻薬王」

そして、どんな気分？　と続けた。

4　魚たちは淡水を夢見る

私の居場所はどこにもない、

という拗《す》ねた表情が印象的な女の子だった。麻織流南《まおりるな》は中堂《なかどう》会で、いつだって目を細めてじっと本の中の文字列を追っていた。いとこ達の団欒《だんらん》の輪には興味がないふうを装っているのに、声をかけると嬉《うれ》しそうに目を輝かせてこちらに寄ってくるのがひねくれ者の猫みたいで可《か》愛《わい》かった。考えてみれば流南の一見冷ややかだけども多彩な表情の変化は、猫娘が持っていたものと全く同じだった。

でもそれはあくまで考えてみればのことだ。流南は度の強い眼鏡に簡素なポニーテールをしただけで、ほとんど小学生向けの交通安全の教則ビデオに出てくる模範生みたいな風貌だった。あれから四年経《た》って中学三年生になった流南が、髪をブリーチしてピアスを空けてネックレスをして……だなんて、全く想像できなかった。

でもグレたとか不良になったとかではなく、それでもやっぱりあの頃の流南の延長線上に今の流南《るな》がいるなと思えるのは、当時からの皮肉屋で斜《しゃ》に構えている所が変わっていないからだろう。衝撃的ではあるけれども、流南がこうなるのはある種の必然的な変化というか、流南の流南性みたいなものを表出させてやると猫娘になる気もする。派手で可愛《かわい》くて時々さみしげな顔をするいたずら好きで謎めいた女の子になるんだ。

それに当時の流南には、地味な見た目をしていなければならない外的な要因があったように思う。

*

流南の父親である麻織圭一《まおりけいいち》さんは、金持ちだらけの中堂《なかどう》会において最も貧しいお父さんだった。中堂会にはどこぞの重役のような人ばかりが集まっていたが、彼は四十代半ばを超えても定職に就かないフリーターで、中堂系列の倉庫で梱包業をしてしのいでいた。漫画家を目指していたがアシスタント業しかやっておらず、それだって特別な画力があるわけではなく、週に一、二回しか入っていなかった。ギャンブルの趣味もあった。

という話は父親嫌いの流南に聞いたことなので、すこし圭一さんに不利な情報になっているかもしれないが、でもそれは流南にとっては事実だっただろうし、俺が中堂会で遠目に圭一さんを見る限りも大きくは違っていないように見えた。

圭一さんは見た目にも他のおじたちとは違っていた。長く切られていない髪の毛は丸いマッシュルームカットになっていて、でもあまり似合っていなかったし髪も傷んでいたから売れないお笑い芸人みたいに見えた。普段はあまり着ないのかスーツは色褪《あ》せていたし、ところどころに白い汚れもついていた。遠目に見ている俺だって、もう少し堂々としてくれないかとヤキモキしてしまうくらいに腰が低く、よく誰かに頭を下げていた。

流南の両親は離婚していた。中堂の血を引いているのは母親の方なので、恐らく中堂会は圭一さんにとってかなり居心地の悪い場所だったはずだが、それでも毎回出席していたのは妻に多額の養育費を出してもらっていたからか、あるいは彼が働いている倉庫が中堂系列で、その辺に大人の事情が関係していたからか、詳しくは知らない。

ともかく圭一さんは中堂会において、かなり立場の低い人だった。いや、より実感に即した言い方をするならば悲惨で可哀想《かわいそう》な人だった。圭一さんの地位が低いからこそ、その娘である流南も中堂会では身を縮めていなければならなかった……という空気感が実際に言語化されることはなかったけれども、子供だって、いや子供だからこそ、そういった空気感には敏感になるものだ。当時の俺は気づかなかったけれども、幼少期の流南は中堂会で、無言の圧のようなものを感じ続けていたのかもしれない。

流南の母親は決して流南には話しかけなかった。彼女には既に新しい家族があって、いつだって元夫の名誉を傷つけることに躍起になっていた。

　彼女が何故、あれほどまでに圭一《けいいち》さんを貶《おとし》めることにこだわっていたのかはわからない。愛憎という言葉がある通り、かつて愛した人間にはそれ以上の憎悪を募らせるものがあるから？　いや、そんなレトリックは綺麗《きれい》すぎる。彼女を駆り立てたものはもっと原始的で邪悪な衝動だったと思う。

　俺は流南《るな》の母親の指図で、革靴の中に注がれたビールを一気飲みさせられている圭一さんを見たことがある。

　今思い返したって嫌な光景だった。大人のいじめって子供のいじめよりもずっと醜いんだ。動物の死体の目ん玉みたいにどす黒くて、酒に酔ってふらふらしている圭一さんは、太平洋の真ん中に垂れ流しにされた石油の中でのたうち回る弱々しいアザラシみたいにみじめだった。

　ある中堂《なかどう》会で流南は、何杯もウイスキーを飲まされてゲロを吐きまくりの圭一さんをトイレで介抱していた。当時の流南はまだ小学四年生くらいだったはずだけど、圭一さんに対してだけは時たま親と子供が逆転したかのような振る舞いを見せていた。

　圭一さんがトイレでうずくまって動かなくなったらしく、一時休止といった感じで流南はトイレの外に出てきた。

　圭一さんの体調も、彼を介抱する流南も心配だったから、俺はなんとなくトイレの近くにいた。俺を見つけると流南は言った。

「生き恥みたいなお父さんですよね」

自嘲的な口ぶりだった。でも顔は全然笑っていない。

俺はなんて答えただろう。忘れたけど、たぶんろくなことは言えてない。

「でも私には、お父さんしかいないから」

流南はぼんやりとした視線を迎賓棟《げいひんとう》の窓の向こうにある石炭色の夜空に向けた。

*

真《まな》辺《べ》家の夜の食卓はどんどん四年前の中堂会に近づいていく。ここにあやねえが加わったら、この場にいない従姉妹《いとこ》はあと数人くらいなんじゃないかという気がする。

なのに俺はなんとなく、落ち着かない気分でいる。流南の変化を目にしたからだろうか。日《ひ》和《より》の成長も動揺の材料の一つだったかもしれない。俺たちは四年前と同じであって同じでないのだ。まず見た目も変わったし、そして外見が違う分だけ、きっと中身の方も比例して変わっていると想像させられるのだ。

ふと先日のファミリーレストランで流南が言っていたことを思い出す。

『人間なんてあんまり理解し合わない方がいいんです』

理解し合わない方がいい、そうだろうか？

そりゃあ何もかもが筒抜けだったら居心地が悪いだろうけれども、流南《るな》や日和《ひより》や、伊緒《いお》や眞《ま》耶《や》やあやねえが変わっていって、いつしか自分には全く想像の及ばないものになってしまったらと考えると、俺はなんだか孤独な気分になるんだ。まるで元は六つで一つだった探査機が、宇宙空間でバラバラになって、慣性の法則に逆らえずに宇宙の虚空へと、芥子粒《けしつぶ》と化すほどの遠くに消えていくのを想像するような。

濁《にご》った水の中でしか生きられない魚がいるのと同じで、ほどよく不透明であることが人間関係を円滑にすることは事実だろう。俺のあやねえへの恋心一つを取ってみても、それは証明できることだ。

だがそれがわかっていても尚《なお》、何の裏表もない人間関係を夢見てしまうのはどうしてだろう。生きづらいことを知っていても、やはり魚たちは淡水を夢見るんじゃないだろうか。

なんてことを考えている間にも、真辺《まなべ》家の夕食は続いていく。

日和がソーセージとじゃがいもの炒めものの、ソーセージばかり自分の取皿に入れていると伊緒が文句を言う。

ソーセージは一人二本分だと事前に叔母《おば》さんから聞いていたが、どうやら既に三本食べているらしい。日和も日和だが、四歳年下の従妹《いとこ》の甘えに対して、ちゃんと異議を申し立てる伊緒も伊緒だと思う。日和が食べた本数も数えてるし。

真辺の叔母さんは「やっぱり、あのお肉屋さんのソーセージは格別よねえ」と店の名前を言って、特に伊緒の文句には取り合わずにマイペースな様子だ。

俺は一番年上だというのもあって、「じゃあ俺、まだ一本しか食べてないから、残りの一本を日和にあげたということにするよ」と言う。

すると、伊緒は特に俺には感謝をせずに「いただき！」と言って自分の権利である二本目のソーセージにありついていた。今更訂正は効かないとでも言うみたいに。

……まあ、確かに今日のソーセージはトマトが中に入っていて美味しかったが、にしても食い意地が張ってんな。

日和は日和で、ソーセージを一本やっただけなのに、「みきにい大好き～っ！」と言って、隣の席にいる俺に抱きついてくる。日和が小学生だというのもあるが、やはり従姉妹《いとこ》で集まると、全員がすこしずつ子供に戻っている感じもする。

胸元に覚える日和の胸の膨らみは大きく、そしてその胸の大きさと同じ嵩《かさ》を持った、長い時間が通り過ぎていったのだろうと俺に感じさせる。

なんとなくしみじみとしてしまっていると、茶化《ちゃか》すように伊緒が言う。

「幹隆《みきたか》、日和とベタベタしすぎじゃない？」

日和が俺に太陽みたいな笑みを向ける。

「仲良しなだけだもんねー」

ねー、と俺は声を合わせる。『従兄妹《いとこ》らしい振る舞い』は、特に意識しなくてもできるくらいに体に刷り込まれているのだ。

＊

デザートのプリンを食べる。カラメルの苦さと、ざらめ糖の甘さが上手く絡み合っていて、それら全てを卵の風味が包み込んでいる感じがしてとても美味しい。

銀色のスプーンを片手に、流南《るな》がやや無愛想な口調で言う。

「泊まる、って聞いたんですけど、ほんとに泊まるんですか？」

「うん」

と叔母《おば》さんは言うけれど、俺は初耳だ。いつものことだけど、俺の意思って毎回確認されないね。

「同じマンションに住んでるのにわざわざ泊まるってバカみたいじゃないですか？」

と流南は正論を言う。すると叔母さんが答える。

「まあまあ、そんなことを言わずに仲良くしましょうよ」

という回答は全くもって正論ではなかったが、それもそうかという雰囲気になる。前から思っていたのだけど、正しさって論理的かどうかじゃなくて雰囲気で決まるものだ。

流南もそこまで反発したい気持ちはなかったのだろう。わかりました、と答えた。

「じゃあ、夕食が終わったら、部屋にパジャマとか歯ブラシとかを取りに行ってきます」

そして俺に言った。

「麻薬のお兄さんも一緒に行きましょうよ」

さっきから麻薬って何？　と伊緒《いお》は聞くけれども、流南は白い歯を見せて、表情を微笑《ほほえ》みの形に変えただけだった。


流南と二〇三号室を出て、マンションの廊下を歩く。

手すりの向こうには夜空があり、不揃いな大きさの星々が様々な色に染まり、虹色の幻影を作り出している。

雨の多い六月にしては空気の澄んだ日だ。等間隔に並んだ常夜灯が流南の顔をオレンジ色に照らし、歩くたびに陰影が形を変え、彼女の表情を違ったものに見せる。

「なあ、流南」

俺は話しかける。

でも流南は答えない。聞こえていないはずがないので、無視をしているのだろう。

「流南ってば」

常夜灯の位置の都合で、いちばん彼女の顔が明るく見えるタイミングで流南《るな》が口を開く。

「幹隆《みきたか》さん、日和《ひより》ちゃんにデレデレしすぎじゃないですか？」

さらりと言う。特にそのことについて考えていたわけではなく、たまたま頭に浮かんだ言葉がそれだった、という言い方だったので、俺も軽く答える。

「してないよ」

という言葉は、俺の中でも本当か嘘《うそ》かを見極めきれていないのだけど。

「ふうん」と流南は言う。俺の言葉を信じているのか信じていないのか、あるいはどっちだっていいと思っているのか、よくわからない。「日和ちゃんはいいですよね。親が立派だと自己肯定感があって。愛されてるのが当たり前って感じで。誰かに好意を与えたらその分の好意が返ってくるって、自然と確信できてる感じがするから」

日和の父親はどこかの会社の社長をしていて、彼女に充分な愛を注いでいる。幼少期の俺にもそれが、正直なところ羨《うらや》ましかった。

このマンションに来たきっかけも、父親がコレクションした絵画を、日和の部屋に収納する、要は倉庫代わりにするためであって、日和がこのマンションに住んでいるわけではないらしい。本人は今も東京の豪邸に住んでいる。ちなみに俺も行ったことがある。

エレベーターを待つ。

ガラス張りの扉には、管理者が作ったＡ４サイズの注意書きが貼られている。そのプリントはところどころ皺《しわ》が出来ていて隅っこが小さく折れている。見慣れたその文章にぼんやりと目を走らせながら、やっぱりどうしても聞きたいことがあって、俺は流南に聞いた。

「俺が従兄《いとこ》だってこと、知ってたの？」

「さあね」

エレベーターが二階に到着する。

「教えてくれよ」

俺が四階のボタンを押し、流南が三階のボタンを押す。

「どうでしょうね？」

床が上昇していき、あっという間に三階に着く。

狭い空間から滑《すべ》り出て、流南が言う。

「はい、時間切れです」

すこし迷ったけど、俺は流南を追いかけてエレベーターを出る。

廊下で流南が立ち止まり、振り向いて俺に言う。

「なんで追ってくるんですか。幹隆さんの部屋はもう一つ上の階じゃないんですか？」

「ごめん、どうしても聞かせて欲しいんだ」

「そんなに気になりますか？」

「急ぐこともないし、ちょっと話すくらいいいじゃん」

「……お父さんの前では話したくないな」

流南《るな》が言う。そして透き通るような瞳を夜空に向ける。そのことで流南の瞳も、星々と同じ虹色に染まった気がする。

俺は「こう言うべきなんだろうな」という文脈をそれとなく察しながら言う。

「夜道でも歩きながら話そうよ」

「ロマンティック」流南がはしゃいで笑う。


マンションを出て、流南と二人で夜道を歩く。

不思議なものだ。こうして街灯の光を浴びていると、彼女は俺の従妹《いとこ》ではない只《ただ》の猫娘に見える。名前も住居もラインも知らない、ただ放課後にファミレスで会うだけの女の子に見える。

昨日までは実際にそうだった。でも今は事情が違っている。

彼女にも俺のと似た成分の血が流れている。血の影が、彼女に麻織《まおり》流南という名の人格を重ね、同時に俺の記憶が、流南に猫娘という人格を重ねる。

「隠してたの？」と俺は聞く。

流南は風に揺れる電線の方をそぞろに見つめながら答えた。

「最初はまさか、幹隆《みきたか》さんだとは思いませんでしたよ。ただ私は普段から、あんまり他人に自分の名前は名乗らないことにしてるんです」

それはどうして、と俺は聞く。

大通りに出てしまいそうになったので、流南が方向転換を指示する。流南はなるべく人目につかない、どことも言えない住宅街のそばを歩きたいみたいだった。

闇の中とも光の中とも言えない場所を歩きながら流南は口を開いた。

「人間なんてあんまり理解し合わない方がいいんです」流南は前に彼女が言っていたことを、ふたたび繰り返した。「誰かを理解してしまうと、その人の持つ喜びや楽しみだけではなく、怒りや悲しみや苦しみを同時に背負ってしまうような気がして。私はそんなのは耐えられないと思うんです。私は容量の少ないコップで、直《す》ぐに色んなものが溢《あふ》れ出てしまうんです。だから私はなるべく他人のことを理解しすぎないようにしているし、他人に自分が理解されないように振る舞うんです。幹隆さんよりも深い仲になったけれども、私の連絡先も名前も知らずに、私が勝手に姿を消してしまった人も二、三人います」

「………」

そのことに関して俺は自分の意見を言ってみたかったけれども、本題ではないのでやめた。

「でもちょっとだけ、あなたは幹隆さんに似ているなと思っていたんです。ただ同時に、幹隆さんなわけがないとも思ったんです。幹隆さんは大宮に住んでいるという先入観があったし、こんなにも運良く会うわけがないと思ったから」流南は細長い人差し指で宙を掻《か》いた。「でも話してみたらその疑念が強くなって。家に帰ってからお父さんに聞いたんです。『もしかして幹隆《みきたか》さんは東京にいるんじゃないか』って。お父さんは知ってたみたいで『そうだ』って……。それで、あなたが幹隆さんだってことを確信したんです」

道が二つに分かれていて、どちらに進んでも今よりも細い道に行きそうだった。老人の静脈のような道と動脈のような道。

分岐の中央で流南《るな》は立ち止まり、俺の返事を求めるように振り返った。

「でも黙ってた」と俺は言った。

「なんか、言いたくないと思ったんです」

「そっちの方が、流南的に気楽だから？」

「それもあるんですけど、それだけじゃないです」流南は答えた。「たぶん、私は自分が中堂《なかどう》家の血を引いているということを、麻織《まおり》流南だっていうことを、一種の呪いのように感じているんです」

「呪い？」

流南はやや自嘲的に笑ってから言った。

「金と女を依《よ》り代《しろ》にして、無限に産み増えていく中堂一族。忌《い》まわしき一族の、ある意味では落伍者《らくごしゃ》である私とお父さん……。ありきたりな劣等感《コンプレックス》。私は幹隆さん……というより目の前の男の子に、私をあの中堂会の片隅にいる、みじめな麻織流南だと思って欲しくなかった。私のことをただの通りすがりの、いつどこに消えてしまうかもわからない猫娘だと思って欲しかったんです」

　街路灯の光が彼女の姿を、うそくさいくらいに眩《まぶ》しく照らし出した。

「俺は……」ふと俺の頭に、叔母《おば》からの執拗《しつよう》ないじめに遭っていた圭一《けいいち》さんの姿がよぎった。でもあれは流南とは関係がない。だから覚えておく価値がない。だいたい圭一さんだってきっと忘却することを望んでいる光景だ。忘れてしまえ。「君が流南だと明かしてくれたら、普通に嬉《うれ》しかったと思う」

「幹隆さんの感情が必ずしも私と同じになるとは限らない」

「俺は、流南のことをみじめだと思ったことは誓って一度もない」

「幹隆さん、私はあの頃の自分のことを『みじめ』と表現していいのか、私自身にだってわかっていないんですよ」流南は真っ直《す》ぐに俺を見つめながら言った。「ともかくあの頃の押し潰《つぶ》されてしまいそうな麻織流南には、自分の感じ方としても他人の想像の中としても戻りたくなかった。こういうのって理屈じゃないんですよ」

　街路灯の間隙《かんげき》に来て、ちょうど流南の顔にどろりとした闇が射し込む。その暗黒に言葉を吸い込まれるようにして、俺は一瞬、何も言えなくなる。

　やや孤独な気分になる。何もない宇宙に一人ぼっちで浮かんでいるみたいだ。流南は見えない微笑《びしょう》と共に言った。

「誓って、というのは嬉しかったです」

「…………」

笑いかけられたはずなのに、却《かえ》って次の言葉が出なくなる。彼女がかすかに見せた本心が、大きな本音を覆い潰《つぶ》し、彼女の主張そのものを見えにくくしているような。

だから俺は結局のところ、弱々しい疑問を口にするので精一杯だった。

「……もしかして流南《るな》にとって、俺は牧野幹隆《まきのみきたか》じゃない方が良かったのかな」

ちょうど街路灯の光が差し込み、流南の顔がふたたび見える。

「ううん、そうでもないですよ」流南は作為を感じるくらいに明るい声で言った。「相手が幹隆さんだと思えば、悪人じゃないことがわかっているわけだし、安心ですからね。だからある意味では、あなたが幹隆さんであることがわかっている利点と、あなたが私を麻織《まおり》流南だと知らない利点の両方を取っていたということです。ほら、名前を教え合わないことによるメリットがわかってきたでしょう」

道はますます細くなっている。気づかぬ間に私有地へと迷い込んでしまいそうなくらいだ。だからそろそろ引き返そうと思ったのだろう。流南は小さくステップを踏んだ。

元の道を戻り始める。黙り込んでしまっている俺に流南は言った。

「まあ……そんなに深く考えることもないですよ。もう中堂《なかどう》会は二度と開催されないですし、誰もあの頃に戻ることはできませんし、私の見た目もこんなに変わっちゃってるわけですからね」

流南はワインレッドのネイルを街路灯にかざし、セルフィーを撮るかのようなおどけた笑い方をした。

俺はその言葉には答えずに聞いた。

「流南が自分の名前を明かさなかった理由って、本当にそれだけなのかな」

流南は相槌《あいづち》の代わりに首をかしげた。

「中堂会にいる麻織流南には戻りたくなかった、本当にそれだけなのかな」

「…………」流南は一瞬だけ真顔になった。

それからまたあのいたずらっぽい笑みを浮かべて、熟練のマジシャンが種明かしをする時みたいなさり気なさで言った。

「それだけじゃないでしょうね」

「じゃあ、どういう事情なの？」

「きっと、幹隆さんのことを、ちょっといいな、と思ったからですよ」

「いいな？」

「うん。従兄妹《いとこ》であることを忘れてしまえば、背も高いし、話も合うし、いいなと思ったからです」

流南は髪の毛を耳にかけて、俺に甘い声音で囁《ささや》いた。

あれ、これってもしかして――。

「ああ……告白とかではないですよ。幹隆《みきたか》さんは童貞なゆえに直《す》ぐに勘違いしちゃうと思うので、ちゃんと一線引いてあげるんですけど」

「一言多いんだよ」確かに一瞬、勘違いしかけたけど。

「大体、私は一応彼氏がいるから、それ相応の魅力が見えないと乗り換える気にはなれませんよ」

「それはそうだよ」

言われるまで忘れていた。カジュアルに二股をしようとするな。

流南《るな》は気まぐれな方向を見つめながら言った。

「まあ……幹隆さんと私の間の関係性を『従兄妹《いとこ》』で固定させてしまうのは、ちょっと勿体《もったい》ないと思ったんですよ。それは確かです。従兄妹でさえなければ、もっと色んな可能性……友達だとか恋人だとか悪友だとか舎弟だとか色々とあるわけじゃないですか。でもひとたび従兄妹になってしまうと、それ以外の仲にはなれないわけだし」

「舎弟になる気はないよ」俺はつい口を挟《はさ》んだ。

「揚げ足を取らないで下さいよ」流南はくすりと笑って言った。

なんだかようやく少しだけ、流南の気持ちが見えた気がした。長らく月にかかっていた分厚い雲が、片時だけ晴れたみたいに。

言われてみれば俺も同じだったかもしれない。猫娘との、友達とも後輩とも恋人未満とも言えない、曖昧《あいまい》な関係を楽しんでいたのだ。

だから眞耶《まや》と流南が会った時にも、咄嗟《とっさ》に彼女のことを友達だと言えなかったし、流南も自分の正体を言い当てられたくなくて、共通の知人である眞耶から逃げたのだ。

従兄妹だとわかると、関係が曖昧であることの楽しさが失われてしまう。それを避けようとする気持ちはわかる。

でも――、

「俺は、いとこだからと言って、それで終わりだとは思わないよ。いとこの形にも色々あるわけだし、仲が良かったり悪かったり、いがみ合ったり愛し合ったり、助け合ったり殺し合ったり……。だから、流南が自分の名前を隠した理由は充分にわかったつもりだけれども、今後の関わり方は変えなくていいと思う。あのファミレスにいた俺たちの延長線でいいんじゃないかなと思うんだよ」

と言っている間、俺は流南じゃない、別の女性のことを思い浮かべていた。

あやねえだ。

いとこだからと言ってその関係で固定されてしまうのならば、俺のあやねえへの恋心は永遠に成就しないことになる。たとえ言葉の上であろうとも、いとこ同士での恋愛がありえることを否定したくはなかった。

でも今、俺が話しているのは流南だ。

不必要に具体的に聞こえたかもしれない。

だから「まあ、一般論としてね」と付け足したのだけど、その言葉が流南《るな》にどう聞こえたのかはわからない。

流南は俺の言葉を聞いて、しばらくぼんやりとした表情を浮かべていたのだけど、ようやく平常の面持ちに戻ると言った。

「猫娘が勿体ない？」

ややシニカルな声音で。

その言い方が厳密に合っているのかはわからなかったけど、大枠は合っていると思ったので俺は答えた。

「だと思う」

「私も、麻薬王が勿体ないです」と、何故だかやや寂しそうに流南は言った。そして「私も幹《みき》隆《たか》さんも、救いようがないくらいに中堂《なかどう》家だな」と続けた。

マンションが見えてくる。街路灯はあと三つくらい。その間の、闇の中とも光の中とも言えない場所で、流南は独り言のように呟いた。

「恋愛感情っていうのは、正常さを求める衝動ですよね」

「またその話？」

「そうです。どこまで求められても愛され足りない、いつまでも自らの正常さを証明することができない、私はきっとそんな星の下に生まれているんです」

　マンションの前まで来る。

　でも俺も流南も、なんとなく歩速を落としてしまう。無意識的にもうすこし話したいという気持ちがあったのかもしれない、
　それでも波の上にあるボートみたいに、いつしかマンションに辿《たど》り着く。

　マンションのタイルを踏む直前に流南が言う。

「じゃあ、まだ猫娘は生き続けています。麻薬王も。不思議の国のアリスに出てくる、消えたり出てきたりを繰り返すチェシャ猫みたいに」

　俺は「わかった」と言う。

「これからも猫娘と仲良くして下さいね」

　流南がおどけたふうに言ったので、俺も軽口を返すことにする。

「猫娘を名乗る割には、猫要素がちょっと足りないんじゃないかな？」

　流南は舌を出して、「下さいにゃ」と言い直した。

＊

　パジャマやら歯ブラシやらを持って、ふたたび真辺《まなべ》家を訪れる。流南はくしゃくしゃの所帯

じみたエコバッグの中に、メイク落としやコンタクトケースを入れて持ってくる。

ちょっと意外だった。彼女のファッションの趣味からして、もっとゴテゴテしたバッグを持ってくるものだと予想していたのだけど、生活空間では実用性重視なのかもしれない。そういえば昔から、流南《るな》は圭一《けいいち》さんの家事の一部を肩代わりしていた。

中に入ると、真辺《まなべ》の叔母《おば》さんも叔父《おじ》さんもいなかった。

テレビのチャンネルを片手に、日和《ひより》にお気に入りの動画を紹介していたらしい、部屋着の伊《い》緒《お》が俺たちに言う。

「なんかね、お母さんの働いてるスーパーが大変みたいなの。レジの金額が合わなくて、一人一人事情を聞かれてるんだって。それで今日シフトに入ってたお母さんも呼ばれたの」

「叔母さん、お酒飲んでなかったっけ？」

「うん、だからお父さんがお母さんをスーパーに車で送る役。お父さんはお酒を飲んでなかったから」

「折角《せっかく》、流南と日和が来たのに」

「私たちだけでも大丈夫だと思ったんじゃないかしら」

そんなもんか、と俺は思う。

流南は「子供だけで置いておいて、間違いが起きたらどうしよう、みたいなことは考えないんですかね」と言ったが、小声だったから伊緒には聞こえなかったみたいだ。

「というかあんたたち遅すぎない？　二人で何してたの？」

「ちょっと散歩してきたんだよ」と俺は答える。

「そうです、散歩をしてきたにゃ」と流南は言う。

「にゃ？」伊緒は眉《まゆ》をひそめる。

「はい、幹隆《みきたか》さんに命じられたルールなんです。幹隆さんと一緒にいる時は語尾に『にゃ』を付けて、ちりんちりんと鳴る鈴付きの首輪を付けて、ミルクの入ったお皿を赤い舌の先でちろちろ飲まなきゃいけないんです。じゃないとぶつって」

伊緒は青ざめた顔で俺を見る。流南はいきなり何を言い出すんだ。真顔でふざけるのはやめて欲しい。

「あはは、なんだか面白そう!!　私もにゃって付けるにゃー」と日和が言い、それで流南の爆弾発言はなかったことになる。

　さっさと話題を変えたくて俺は言う。

「何する？　遊ぶ？」

「五人で遊べるものって中々ないわよね。久々にトランプでもする？」

伊緒は言う。そう言えば中堂《なかどう》会では夕食の後、みんなでよく七並べをした。

「日和はどうしたい？」

俺は一番遊ぶ意欲がありそうな女の子に水を向ける。すると日和は思ってもないことを言う。

「かくれんぼにゃ！」

5　かくれんぼ

いとこたちの集まりである中堂《なかどう》会は、俺のおじいちゃんである中堂源一郎《げんいちろう》と、その長男の仙《せん》嶽《がく》さん一家が住んでいた、敷地面積千五百坪の世田谷区の豪邸にて行われた。

マツやヒノキの巨木が並び、スイレンを始めとした水生植物に取り囲まれた池のある庭園を通り抜けると、四階建ての瓦屋根の和風建築「迎賓棟《げいひんとう》」が顔を出す。

そこが実質的な中堂会の会場であり、俺たちいとこが年に二回、お盆と正月に顔を合わせていた場所だ。

ここでかくれんぼをするのは楽しかった。迎賓棟自体が実に隠れがいのある場所で、ふすまの中や、床の間にある高価そうな掛け軸の裏や、机の下や掘りごたつの中など、子供心に隠れてみたくなる場所がたくさんあったし、

また夏場は庭もかくれんぼのフィールドに含まれていたから、樹の陰や青々と茂る低木の中や、池のほとりにある巨大な石の裏や、小川に架けられた橋桁《はしげた》の下など、ドキドキする隠れ場所がたくさんあった。

まあ、楽しかったがゆえに、最後はかくれんぼにエキサイトしすぎた日和《ひより》が、仙嶽《せんがく》さんが大切にしていた壺を割り、伯母《おば》さんからカミナリが落ち、以降はかくれんぼを禁止にされたのだが……。

しかしここは真辺《まなべ》家であり、中堂《なかどう》会とは違って『かくれんぼ禁止令』が出されているわけではない。

高校生にもなってかくれんぼというのは子供っぽいけれども、日和がやりたいというのならば協力してあげたいし、それにそういう「楽しかった記憶」って、頭の片隅にちゃんと残っているもので、俺は年甲斐《としがい》もなくちょっとワクワクしていた。

「おし、やるか」と俺は言う。

「やめましょうよ。子供っぽい」

と、よりによって俺よりも年下の流南《るな》から反論が出る。

「いいじゃん、折角《せっかく》だから流南ちゃんも遊ぼうよ！」

と日和が言い返した。

流南は「まあ、わかりましたよ」と言った。これはそんなに嫌ではない言い方だ。

では久々にかくれんぼに興じようかと思ったのだが——。

俺たちがいる二〇三号室は、ＬＤＫと洋室の二部屋によって構成されていて、端的に言って狭い。

玄関とＬＤＫを繋《つな》ぐ廊下には洗面所とトイレが面しているが、それを入れたって、かくれんぼをやるには手狭な気がする。

なんて思っていると、「来て」と伊緒《いお》が言い、俺をベランダに誘う。

ベランダに出てみると、驚いたことに二〇三号室と、伊緒と眞耶《まや》の部屋である二〇四号室は繋がっていた。

単にベランダの仕切り板を外したとかではないみたいだ。他の部屋はどれもベランダが独立しているからだ。

「おじいちゃんが工事をしてくれたみたい」

伊緒が言う。どうやら二人が姉妹だからという理由で、二人が相続した二〇三号室と二〇四号室の間だけはピンポイントに工事をしてもらっていたらしい。

孫には甘いおじいちゃんのサービス精神だろう。俺たちじいちゃんの孫は、子供だからという理由で、特に大事にされていた。

しかし、この家に二人が住まなくなって、賃貸に出す時とかに困らないのかな……と一瞬思ったけれど、そもそもおじいちゃんは俺たちに東京に来て欲しくてこのマンションを相続させたのだから、あんまりその辺のことは考えてはいないのかもしれない。単に仕切り板を置けばいいだけの話でもある。

二〇三号室と二〇四号室の両方を使えるならば、かくれんぼができる充分な広さはある気がする。

「でも、ちゃんと網戸は閉めてよね。虫が入るから」と伊緒《いお》が言う。

「じゃあ、鬼を決める？　じゃんけーん……」俺は拳《こぶし》を掲げる。

じゃんけんに負けて、俺が鬼になる。

机に顔を伏せて、それから言う。

「えーっと、どうすんだっけ」

「十秒、数えるのよ」伊緒が言う。

「い〜……」とまで言ってから、かくれんぼをする時は大きな声を出さなければならないのだと思い出す。「――っち！」

「急に声がおっきくなった」日和《ひより》がおもちゃのボールを転がしたみたいな笑い声を上げる。

「にぃ〜〜……」

と言っても、まだ日和も伊緒も隠れずに笑っている。どうやら一番の年長である俺が、子供っぽく大声を出しているのが面白いらしい。

なんだか恥ずかしくなってきたので、一旦顔を上げる。

「隠れなくていいの？　見つけちゃうよ？」俺はおどける。

「あはは、みきにい、顔が赤い」日和が笑う。

「皆が笑うからだよ」

「あはは、幹隆《みきたか》、顔が悪い」伊緒が笑う。

「それはただの悪口じゃないか？」

悪くないよな？　自分では自分の容姿の判断が下せない。悪いのかな……。

俺がふたたび顔を伏せても、従妹《いとこ》たちは笑っているだけで動き出さない。

だから俺はあえて、

「さんしーごーろくしちはちきゅうじゅうっ!!」

と大声で数えて顔を上げ、「全員みっけ！」と言ってみる。

日和は箸を転がしたみたいに笑う。流南《るな》が真顔なのが対照的だ。

「よーし、次の鬼は誰？」俺は冗談を言う。

「今のはノーカウント、次が本番だから」と伊緒が言う。

「わかったわかった」

ウォーミングアップが済んだような感じで、不思議とさっきよりもかくれんぼのモチベーションが上がっている気がする。

こうなったら十五歳の高校生の本気を出して、全力でかくれんぼの鬼役をやってやろうという気持ちにもなっている。

「また十秒数えればいい？」俺は聞く。

「よく考えたら十秒なんかで隠れられるわけがないから、六十秒ね」伊緒が言う。

「オーケー」

「数えるのは心の中でもいいわ。でも数え終わったら、ちゃんと大声で『もういいかーい』って聞くのよ」

また従妹《いとこ》たちが笑う……厳密には流南《るな》以外の従妹たちである。

俺が顔を伏せると、彼女たちはそれぞれの方向に向かっていく。

頭の中で六十まで数え、数え終わる。

ふと、大声を出すのが恥ずかしいという気持ちに駆られる。だが出さないわけにもいかず、意を決して言う。

「もういいかーい！」

するとその二倍くらいの大きさの声が返ってくる。

「まーだだよ〜〜っ!!」

日和《ひより》の子供らしい大声だ。その潔さに俺の恥じらいも半分になる。

「もういーかーい！」

俺はさっきよりは羞恥心《しゅうちしん》のない状態で言う。まあ小さなことは気にしたって仕方がないよな。

「まーだだよー!!」と、やっぱり日和のデカい声が聞こえる。

そんなことをしばらく繰り返しているうちに、やがて遠くから、

「もういいよ〜〜！」

と聞こえてくる。

日和と伊緒《いお》と眞耶《まや》の声だ。よく考えたら流南の声は一度も聞こえなかったが、まあ流南が大声を出すはずもない。

さて、捜索開始だ。

俺は顔を上げる。

そして早速、違和感に気づく。

俺が顔を伏せていた北欧風のテーブル。その周りに置かれた七つの椅子。

そのうちの四つはダイニングチェアで、残りのうち一つは俺が真辺《まなべ》家で夕食を取る時に、叔《お》父《じ》さんがダイニングに移動させてくる叔父さん自身のデスクチェアで、最後の二つは折りたたみ椅子だ。

俺は注意深く部屋を観察していく。違和感はどこにあるだろうか。

部屋の奥には大画面テレビがあり、テレビ台の両脇には叔母《おば》さんが育てている観葉植物がいくつかあり、お互いに葉片《ようへん》を絡ませ合っている。その隣には、中学時代の眞耶が小説コンクールで賞を取った時の賞状が額に入れて飾ってある。

テレビの前には、よく伊緒が横になっている臙脂色《バーガンディ》のソファがある。近くに似た色の、より小ぶりなソファもあって、たぶん別のブランドの物なんだろうけども、統一感が出るように上手く配置されている。

ここだ、と直感する。

俺はあえて音を立ててドタドタ、とソファに近づいてみる。するとソファの後ろからこだまみたいに、遅れて誰かが移動する足音が聞こえる。

ソファの裏を確認する。

するとそこには金髪の女の子がいた。急に見つかって驚いたのか、曖昧《あいまい》に腕を上げた状態で固まっている。顔にはわずかに苦笑が浮かんでいる。

「……流南《るな》」

見っけ、と言うのをつい呑《の》み込んでしまう。あまりにもあっさりと見つかってしまって、見っけ、と大声で言えるほどの達成感がこみ上げてこなかったからだ。

「……なんでこんな所に」

逆にそんな質問を口にしてしまう。すると流南が言う。

「鬼の近くにいたら逆に見つからないかなって……」

「お前、それ中学生の発想だぞ」と言ってから、流南が実際に中学生であることを思い出す。

流南はやっぱり不機嫌になって、唇をつんと尖らせて言った。

「うるさいですねえ……伊緒《いお》さんに架空の性被害を訴えてやりますよ」

「それだけはやめてくれ」

「じゃあ、眞耶《まや》さんの方にします」

「もっと複雑なことになりそうだからやめてくれ」

かくれんぼって本当に子供っぽくてつまんないですよね、と言って、拗《す》ねてる流南が一番子供っぽくて可愛《かわい》いよな、と思う。

さて、あと三人だ。

二〇三号室を簡単に確認したが、人が隠れている気配はなかった。まあ俺は気配の専門家とかでもなんでもないので、見逃している可能性は多分にあるわけだけども、三人は二〇四号室にいるような気がする。

髪の毛を触りながら、ふてくされた顔でスマートフォンを触り、「あ、メルカリ売れた」と言っている流南の横を通り抜け、窓に向かう。

ふと気づく。

ベランダが網戸になっている。

そりゃそうか。そうじゃないと二〇四号室から「まーだだよ」なんて声が聞こえてくるはずがないもんな。

しかし、網戸越しに「もういーかい」「まーだだよ」をやって、その声がご近所さんに漏れ聞こえていたと考えると、恥ずかしくて変な汗が出てくるな。だからあんまり考えないようにしよう。

二〇四号室に着く。

見覚えのある部屋だ。カーテンは水玉模様で、天井照明はシャンデリア型。ベランダから入ってすぐ左手にはテレビがあり、その奥に小窓があり、目の前にはもふもふの絨毯《じゅうたん》があり、ハート形のクッションが花びらのように置かれている。カワイイ王国の忠臣たちといった趣きのある、毛並みの綺麗《きれい》なぬいぐるみたちが並び、「やあこんにちは」とでも言いたげな、気さくな笑みを浮かべている。

絵に描いたような「女の子の部屋」だ。

ふと俺は首をひねる。

この部屋を勝手に漁ってもいいのか？

かくれんぼの鬼役になったということは、必然的にこの部屋の中にあるものを触り、時に移動させ、荒らすということを意味する。

しかし男である俺が、こんなカワイイ尽くしの、女の子の部屋を勝手に物色して良いものだろうか？

それってなんか『変態の空き巣』っぽくないか？

いやいや俺は今『かくれんぼの鬼』だ。つまりは無邪気さの権化《ごんげ》だ。『変態の空き巣』の対義語だ。

しかし、変態の空き巣だって、子供の時はかくれんぼの鬼だったかもしれないんだよな

……とか、どうでもいいことを考えていたその時、ふと気づく。

うわあ……伊緒《いお》のベッドの上の布団が明らかにこんもりと盛り上がっている……。

間違いなく、中に人がいる。

さすがにダミーだろうか？　こんなにわかりやすい場所に隠れているはずがないもんな……。

つまり、実は中にぬいぐるみが入っていて、俺が得意げに「見ーつけた！」とか言って布団を引っ剝《ば》がすと、誰もいなくて、その光景を見て、あの性格の悪い伊緒が嘲笑《ちょうしょう》するための……にしては、やっぱり布団の中にあるものが大きいな。

大体、伊緒が普段愛《め》でているぬいぐるみ達の配置は、おおむね変わっていない。というか、俺の記憶にある範囲では、全員揃っているような気がする。だから、ぬいぐるみが中に入っているとかはたぶんない。

となると、やっぱり布団の中には人がいる。

ていうか……よく見ると小刻みに動いてね？

どう見ても呼吸してない？

……あの、真辺《まなべ》伊緒さん？

クラスのアイドル、真辺伊緒さん？

「……これはさすがに、ダミーだよなあ」

と、俺はわざとらしく口にしてみる。

ホッとしたのか、ベッドの上にあるかたまりの呼吸もゆるやかになった。

俺は続ける。

「こいつの中を調べている俺を見て、笑おうっていう腹だろ？　全く、性格の悪い伊緒《いお》が考えそうなもんだぜ……」

と言うと、布団のかたまりも心なしかリラックスし始めたように見える。

全く姿勢が変わっていないのに、得意げにふんぞり返っているようにすら見える。人間の心理って不思議だ。

中にいるのが眞耶《まや》である可能性も、日和《ひより》である可能性もまだある。でも、こんな浅はかな場所に隠れておいておまけにドヤったりするのは伊緒だろう、という妙な確信も浮かぶ。

伊緒か……。

直《す》ぐに布団を引っ剝《ぱ》がして「伊緒見っけ！」と言ってしまってもいいのだが、それじゃあつまらないなと思い始める。

あの生意気な伊緒が、こんなにも無防備なんだ。折角《せっかく》だから普段の乱暴狼藉《ろうぜき》の復讐をしてやろうじゃないか。

俺は素早く小窓のそばに行って、そこに飾られている胴長の手足の付いた魚のぬいぐるみを手に取る。先端が硬くなっていて、人をくすぐるのに丁度よさそうなのだ。

俺は魚クンを布団のかたまりに向けて言う。

「これはダミーだから――」

そしてぬいぐるみの先で、つんつんと布団のかたまりを突く。わずかに布団が震えた気がする。

「何をしたって、例えばこの魚でくすぐったって、声を上げないってことだよな……」

もう一回、ちょっと雑に、布団のかたまりを突いてみる。

ひっ、という声が漏れた気がする。小声だったので、布が擦《す》れる音と勘違いしているかもしれないが。

気の強い伊緒だが、実はくすぐられるのが苦手という弱点がある。体質的にもかなりのくすぐったがりなので、布団の上からでも効くはずだ。

もう中に人がいることは確定的だが、俺は続ける。

「万が一……そうだな、万が一この中に人がいる場合には――」コホン、と咳をしてから俺は言う。「『私は部屋に入って、五秒で見つかるような場所に隠れていた、愚かなかくれんぼクソザコです。どうかこんなにも思慮の浅い私を、鬼様のスコアの一つに加えて下さい』と言えたならば、くすぐらなくて済ませてやる」

布団の動きがピタッと止まった。

伊緒の意志が固まった。絶対に俺の攻撃には屈服しないという覚悟を決めたのだろう。伊緒は挑発すればするほど頑固になる奴なのだ。

俺は魚クンを剣のように掲げて、努めて真剣な声色《こわいろ》を作って言った。

「だが、ここまで言っても姿を現さなかった場合には、然るべき対応を取らせてもらう！」

剣を持っているのもあって、なんだか騎士団の長みたいな気分になってきた……ってヤバい、もしかするとかくれんぼをしていたのもあって、想像力が小学生レベルにまで戻っているかもしれない。

静寂。伊緒《いお》の降伏を待つ時間が一秒一秒と過ぎていく。

もちろん伊緒はここまで来て、己の姿を現したりはしないだろう。誇りを賭けて沈黙を貫くはずだ。

十秒ほど経《た》ったが、やはり応答はない。

仕方がない。我々は戦う運命だったのだ。

予想だが、伊緒は恐らくうつ伏せになって背中を丸めているだろう。

そんな推測のもとに、俺は布団のかたまりの真ん中より少し下、恐らくは伊緒の脇腹が来るであろう場所に魚クンの硬い部分を押し当て、そこに確かな人の感触があることを確かめてから、
繊細かつ不規則な動きで、小刻みに魚クンの先端を動かした。

「オラオラオラオラ〜〜〜ッ!!」

「ひゃひゃひゃひゃひゃ!!　ういひひひひひひひひぃ〜〜〜〜〜!!」

布団の中から、喘《あえ》いでいるとも笑っているとも泣いているとも言えない、複雑な声の爆発が

聞こえてきた。

やはりだ。こんなにも遠慮のない、というか遠慮ができない笑い声を上げるのは伊緒しかいない！

顔は見えないが、伊緒が体をひくひくさせるので布団がちょっとずれて、無防備な彼女の胴部が見えてしまっている。ピンクのスウェットがすこし脱げて、柔らかい雪のような彼女のお腹の一部が露わになっている。もちろんお腹だけだと誰かはわからないが、部屋着の色には見覚えがある。

「あれえ⁇　なんか声が聞こえるような気がするなあ⁉」

俺はわざとらしい大声で言う。すると布団の中の伊緒が言う。

「言ってない言ってない‼　何も言ってないから‼」

って、いやいやもう喋っちゃったじゃん、中にいるじゃん、と思ったがそこには突っ込まずに俺は言う。

「じゃあ、これは気のせいかなぁ～～‼」

そのまま、見えている伊緒の胴部にぬいぐるみを突っ込んでぐりぐりとかき回す。

「ひひひ、ひはははははははは～～～～～～‼」

伊緒が恥ずかしいほどに大きな喘ぎ声を漏らした。俺の中にも嗜虐《しぎゃく》的な感情が、雨上がりの若芽のように群生していく。

もうかくれんぼ的には完全にアウトだが、こうなったらもう徹底的に見つけてやるしかないな。

そう思った俺は思い切ってベッドの上に乗って、伊緒《いお》の服の中にぬいぐるみの先端を突き入れて、上、下、右、左といった具合に、伊緒の衣服の中をぐるぐるとかき回した。

「オラオラオラオラオラ!!」

「あひひひひ、ひひひひひひっ!!」

「いるね!　絶対いるね!　中に人がいるね!!」

「いないいないいないいません〜〜!!　にゃひゃひゃひゃひゃひゃひゃひゃ!!」

「じゃあこの声は何だよォ〜〜〜〜!!」

「見つかってない見つかってない、なひゃひゃひゃひゃひゃひゃひゃ!!」

伊緒は声どころか体も出していた。彼女は俺のくすぐりによって体をよじったり、手や足をバタバタさせたりするから、もはや顔以外、完全に布団の中から出てしまっていた。『顔を隠しているからまだ見つかっていません』とでも抗弁するような状態だ。

衣服も乱れていて、スウェットの裾は胸の辺りまでめくれ上がっていて、七分丈のパンツはショートパンツとも見紛う状態になっていた。『あられもない姿』とは、このことを言うのだろう。『あられもない姿』の画像素材としてネットで無料配布されていてもおかしくないくらいの再現度だ。

もちろん、衣服が乱れれば乱れるほどくすぐりやすくなる。くすぐりの的《まと》が多くなる。

俺はスウェットのお腹の所から、スウェットパンツの脚の所から、伊緒の素肌と衣服の隙間に縦横無尽に侵入し、そのあちこちをぬいぐるみの先端でこしょぐり回した。

「ひ……、ひひ、ひひひひひひ～～～～～～っ!!」

「伊緒、見～～～つけたっ!!」

「見つかってませーん！　ふひゃはははははははっ!!」

伊緒は刺激を堪《こら》えたり、刺激から逃れようとして身をよじったり、体勢を変えたりするのだが、でも結局は耐えきれなくて大きな嬌声《きょうせい》と共にバネみたいに痙攣《けいれん》した。

すると伊緒の最終防衛ラインである、彼女の顔を隠している布団がわずかにめくれ上がり、真っ赤に紅潮した、快楽に耐えながら苦悶する伊緒の顔を束《つか》の間《ま》見せた。布団に付いた伊緒の匂いを胞子のように部屋中にばら撒《ま》きながら。

そのエロティックな伊緒の横顔が、俺の劣情を呼び覚ましたのかもしれない。

俺はぬいぐるみを布団の上に置くと、伊緒の素肌の上に自分の指を滑《すべ》らせた。

手を置くと、伊緒の肌は白い絹のような手触りで、力を込めたら自分の指が融《と》けていくような気がする。

「ちょっと！」伊緒は抗議の声を上げた。「手はアウト手はアウト手はアウト……ひっ！」

俺は伊緒の反対を聞かずに、黙々と五本の指を広げ、伊緒の胴部の辺りをゆったりと愛撫した。それに応じて伊緒《いお》の声が出るので、オーケストラのフルート奏者にでもなったみたいな気分だった。このままベルリン・フィルハーモニー管弦楽団の奏者の一人に加わり、コンサートホールで伊緒の喘《あえ》ぎ声をかき鳴らせるかのような。

伊緒の顔を隠していた布団は、いつの間にか取り去られていて、彼女のさくらんぼ色に染まった顔がよく見えるようになっていた。俺の指の動きに合わせて彼女の表情が変わっていくのが面白い。

「あ……あはは……はは……!!　直接はダメ!!　みっくん……じゃない、幹隆《みきたか》!!　ダメダメダメ…………」

なにか彼女の琴線に触れるものがあったのかもしれない。伊緒は大きな快感を押し殺すようにじっと目を閉じ、唇の端から言葉にならない声を漏らした。

「んん…………っ。んん〜〜んん〜〜んん〜〜〜〜〜!　ダメ〜〜〜〜〜〜〜〜〜〜ッ!!」

と、伊緒が叫んだその時だった。

ガラッ!!

何の音だろう。

ベランダの窓が開く音だ。俺と伊緒は反射的にそちらを見つめた。

窓の前には流南《るな》がいた。
彼女はガラス戸を閉めると、憮然《ぶぜん》とした表情でこちらを見た。
その仕草を見て、ふと俺の中にある疑問が浮かんだ。
あれ？
俺……ガラスの窓閉めたっけ？　網戸のままにしていたっけ？
網戸だったら、さっきまでの伊緒《いお》の声は、もしかして外にまで——。
というか、隣の部屋の流南がここに来ている時点で、答えが出ているような……。
直《す》ぐに疑問の答えを流南が言ってくれた。

「……なんで網戸のまま前戯して、世界中に喘《あえ》ぎ声を発信してるんですか。変態露出狂従兄妹《いとこ》カップルですか。ご近所さんの噂ですか。勘弁して下さいよ」

そう言って、流南は金色の髪の上から、自分の首の裏を触った。
それから眉《まゆ》をしかめて、大きくため息をついてから言った。

「せめて窓くらいは閉めて下さいよね……はあ」

そしてベランダに出て、過剰な丁寧さでガラス窓を閉め、ちゃんと一分の隙《すき》もないようにして、二〇三号室に帰っていった。

次に眞耶《まや》の部屋の方から、物音が聞こえた。

ちらりと伊緒を見る。伊緒は放心していたし、くすぐりの余韻がまだなくなっていないのか唇も少しだけ開いていたが、こくりと頷くことだけはしてくれた。

俺は恐る恐る眞耶の部屋に近づいて、引き戸を開けてみた。

すると引き戸の間近で女の子座りをして、こちらの様子を窺《うかが》っていたらしい、眞耶と日和《ひより》がいた。

「…………」

俺たちは無言で見つめ合った。

どうやら眞耶と日和は、二人して眞耶の部屋に隠れていたのだが、伊緒の部屋から尋常ならざる声が聞こえてくるのを耳にして、つい引き戸の隙間から、俺たちの一部始終を覗き見してしまったらしい。

「眞耶と日和、見ーっけ！」

と、あえて元気よく言ってみたが、全く当初のかくれんぼの空気には戻らなかった。一生戻れないかもしれない。

日和がやけに透き通った目で俺を見つめながら言った。

「ねえ、みきにい、今の何!?」

この世の邪悪さを何一つ知らないかのようなつぶらな瞳だった。

「くすぐってただけだよ」

俺は強弁した。いやいや強弁じゃない、事実のはずだ。

なんだか第三審に出廷した絶対にアウトな死刑囚みたいな気分だな……現実逃避のために詭弁《きべん》を口にして、自分自身すらも欺こうとしているような。

「みきにいのくすぐりってすごいね～」日和《ひより》はきゃっきゃと笑う。「私も、くすぐられてみたーい!」

「じゃあ――」

と言って、俺は日和に右手を伸ばす。

すると誰かが俺の手を平手打ちした。仏壇のお供え物に手を伸ばした悪ガキを窘《たしな》めるお母さんみたいに。

顔を上げると、手の主は眞耶《まや》だった。

眞耶は鋭い平手打ちを喰《く》らわせた後、自分がやった行為に自分で戸惑うみたいに俺から目を逸《そ》らして、甘握りした両手をやんやと震わせながら言った。

「ご、ごめん、みっくん!!　なんかわからんけど、あかんような気がして……」

「そ、そうか……」無意識レベルで警戒されているのか……。

「日和はまだ小学生やから……」

眞耶はそう言うと、意を決したように、日和の目を真っ直《す》ぐに見つめると言った。

「なあ日和！　なんか食べたいもんってある？」

急な話題の転換に、日和は目をぱちくりさせたが、やがて口にした。

「……アイス？」

「じゃあ、冷凍庫にハーゲンダッツがあるから一緒に食べようね。ほら、向こうの部屋でね」

そう言って、眞耶はぎゅっと日和の手を引っ張った。なんだか今の眞耶は、日和の本当の姉みたいに見える。

「みきにいと伊緒《いお》ねえは？」

「さあ……二人はちょっと忙しいんちゃうかな」ごまかすように眞耶は笑った。

「そうなの？」

「うん」それからやけに真面目《まじめ》な声色《こわいろ》で眞耶は言った。「……日和。世の中にはまだまだ知るのが早いことが一杯あるから。そういうことは飛ばさずに順序立てて知っていこうね」

「眞耶ねえ!?」

なんて会話をしながら、ベランダの向こうに二人は去っていった。やはり過剰な丁寧さでガラス戸を閉めながら。一分の隙《すき》もないように。

こうして俺と伊緒は二人きりになった。

物理的にも二人きりになったわけだが、なんだか精神的にも二人きりになった気がした。

伊緒《いお》はすんとした顔で俺の方を見ると、ふと言った。

「股間」

「……は？」

「そこで四股《しこ》を踏んで。蹴《け》りやすいように」

「いや……」

「私はあんたの金玉が蹴りたいの」伊緒は躊躇《ためら》いなく言った。「様々な感情を発散するために、あんたの金玉を勢いよく蹴っ飛ばしたいの」

「とは言われても……」金的をされることがわかっていて、無防備に弱点を晒《さら》す奴がいるか。

「じゃー訴える」伊緒は早口で言った。「あんたに無理矢理触られて蹂躙《じゅうりん》されて色々されたって、あちらこちらで言い回ってやる」

「ええ……」まずいな、ほとんど事実じゃないか。

仕方がない。

俺は心を決めて、伊緒のベッドの前で四股を踏むような体勢になった。

目をつぶり、気を落ち着ける。

「よし……来い」

伊緒はそれに対しては何も言わなかった。ただ内なる殺気を存分に滾《たぎ》らせると言った。

「死ね――――ッ!!」

その瞬間、絶望とでも名が付きそうな強い痛みが股間から背中を伝って、後頭部にまで光速で走り抜けた。

目の前がチカチカするのと、受け身も取れずに倒れ込んだのはどちらが先だったろう？

やがて遠くから「全部、勘違いだからねー」という伊緒のやけに明るい声が聞こえてきて、従妹《いとこ》たちがぎこちない会話をしているのを耳にし……。

まばらな言葉の断片と共に、意識の虚無が訪れた。

*

「伊緒……お前さ、俺の金玉をゲーム機のリセットボタンか何かだと思ってる？」

「はあ？」

「いや確かにね、場合によっては俺の金玉がリセットボタンとして機能することもあるかもしれないよ。でもね、俺の金玉に、ニンテンドーのゲーム機みたいな耐久性は――」

「流南《るな》、変態が何か言ってるわ」

「あんたも変態の一味じゃないですか。己の業《カルマ》から目を背けないで下さい」

いつの間にか夜になっていた。本当にいつの間にかという感じだ。間の記憶が所々ないが、どうやら俺はちゃんと風呂に入ってちゃんとパジャマに着替えたらしい。

なぜなら今は二十三時で、俺はパジャマを着て二〇四号室の定位置、つまりは伊緒《いお》の部屋と眞耶《まや》の部屋の間の、境界線上に布団を敷いて横になっていたからだ。

いつもと違って流南《るな》と日和《ひより》もいる。日和が着ているのはキャラクターもののパジャマで、流南が着ているのはたぶんネグリジェっていう奴だろう。

恐ろしいのは、ここに至るまでの記憶があちこち消えていることだ。もしかすると金玉を蹴《け》られると記憶も飛ぶのかもしれない。怖いね。

「変態の一味じゃないわよ、だから全部勘違いなんだって」

「何をどう勘違いしたらああなるかはわからないんですけど……というか、四年ぶりに会った一つ年下の従妹《いとこ》と二つ年下の従妹に、いきなりあられもない爆音の喘《あえ》ぎ声を聞かせるって、やっぱりどう考えても変態じゃ――」

「だから喘ぎ声じゃなくて……ああもう!!　幹隆《みきたか》の金玉、もっかい蹴る！」

「やっぱりリセットボタンだと思ってる!?」

「眞耶ねえ、皆は何の話をしてるの？」日和があっけらかんとした声で聞いた。

「さあね。ともかく仲良しなんちゃうかなあ」眞耶は流す。

「仲良しなのはいいね！」日和は笑った。

皆と話しながら、俺は下半身から来る鈍痛に耐えていた。これ……冷やした方がいいのか？　一応、睾丸《こうがん》って内臓っていう括《くく》りなんだよな。肝臓とか腎臓とかと同じなんだよな。それくらいに体にとって大切な器官のはずなんだよな。従妹たちが寝静まった後に、こっそり水風呂にでも入った方がいいのかな……。

「とにかく寝るわよ、寝る寝る！」

と伊緒は話をぶった切って言った。

「電球は消さないんですか？」

流南はハート形のフィラメントの電球を指差した。

「これくらい、点《つ》いててもいいじゃない」

「私、真っ暗じゃないと眠れないんですけど。……もしかして伊緒さん、暗い所が苦手なんですか？」

「はあ？　超余裕なんですけど!!」と、伊緒は甲高い声で言った。なんとなく不安になる声音だが、伊緒を心配しているような余裕は俺にはなかった。己の分身を気遣うので精一杯だ。

*

とかで、その日のお泊り会は終わる。

総括すれば、いつも通りの心地よい団欒《だんらん》だった。

ただそれは、あくまで「俺の目に見える範囲では」の範囲だったのかもしれない。耳や口や鼻とは違って、心は目では見えない。だから色んな想念がぐるぐるととぐろを巻いて、俺の知らない姿へと、気づかぬうちに変貌していたのかもしれない。

それは後になって思ったことではある。この時の俺は、まさかこの一週間後のお泊り会で、誰かに涙ながらに口づけられるだなんて思っていなかったのだ。

平日が終わり、土日になり、俺とあやねえは小旅行に出かける。

6 小旅行

土曜日の早朝。

俺は絨毯《じゅうたん》の上であぐらをかき、旅行の持ち物で悩んでいた。

あやねえの言っていた待ち合わせ時間まで、あと十分しかない。待ち合わせ場所はマンションの駐車場なので、着くまでは三分もかからないが、とは言えギリギリに行くこともないから、悩める時間はあと五分くらいだろう。

トランプを持っていくことは、二十分くらい前に決めた。子供っぽいかもしれないけれども、嵩張《かさば》らないからだ。それに先日かくれんぼをしたのもあって、あやねえとこういう懐かしい遊びがしたいという気持ちが俺の中に芽生えていた。

ボードゲームはリストラした。面白いけれども、俺が持っている奴は大きくて、荷物になりすぎた。

今は二日目の衣服について悩んでいる段階だ。なるべくちゃんとした服を持っていきたいとは思うけれども、今の俺はくたびれた中学時代のTシャツしか持っておらず、とてもあやねえの鑑賞に耐えうるものは持っていなかった。だからどれが一番マシなのか、欠点と欠点の背比べをしている状態だ。

一日目の服は既に決まっていた。あやねえが「ちょっと山に登るから、動きやすい格好で来てね」と言っていて、動きやすくて清潔な服なんて俺の家にはそんなになかったので、消去法的に決まった形だ。迷う気持ちもなくはなかったが、今さら服を脱いで着直すわけにもいかない。

昨晩までは、あやねえに先月選んでもらった服で行くつもりだったのだけど、昨日の夜にいきなりそんなラインが来たので、そういうわけにもいかなくなった。

あやねえは結構、そういう所がある。アドリブを楽しんでいるというか、俺を振り回して喜んでいる節があるというか。そう言えばどこに行くのかもまだ教えてもらっていない。

思い切って衣服を選び、バッグを背負った。

エレベーターで一階まで降りようとすると、二階で停まり、思わぬ乗客が乗り込んできた。

女の子だ。肩に白い二本のラインが入った、俺の高校の指定ジャージを着ている。名札には「真辺《まなべ》」と書かれている。

長いくせっ毛が彼女の顔を隠している。

眞耶《まや》だ。

「おはよう、みっくん」

「おはよ。……なんで休日の朝から学校のジャージを？」

「動きやすい格好って言われたから」

「へ？」

狼狽《ろうばい》しているうちに一階に着く。

打ちっぱなしのコンクリートの柱が点在している一角に、あやねえの所有する白いフォルクスワーゲン・ゴルフがある。

ドイツ車だ。サイズは一般的だがどこか風格がある。ヘッドライトを顔に見立てるなら、頼もしげなお兄さんといった印象だ。

そして車の前に、ザ・ノース・フェイスのゆったりとしたジャケットを着たあやねえがいた。紫色の布地に、胸元と袖を横断する太い黒のラインが入ったデザインだ。上着もズボンもアウトドア用らしく、靴もトレッキングシューズで、装備には本格的な印象があるが、その一方で優雅さが失われていないのは、あやねえの大人っぽくて整った顔立ちのためだろうか。

俺の隣には眞耶がいる。

いまいち状況を呑《の》み込めていない俺にあやねえが言う。

「やあみっくん。なんだか荷物が多いね」

「そうかな」

「別に手ぶらでも良かったのに」

「そうはいかないよ。泊まるんだったら色々必要だろうし……」

「泊まり!?」と驚いたのは、なぜか眞耶《まや》だ。

……ん、なにか俺は激しく恥ずかしい勘違いをしている?

「まあ泊まれなくもないけど……」

あやねえはそう言うと、苦笑いをした。

俺は先日の、あやねえが旅行に誘ってくれた時のセリフを思い出す。

『私さ、ふらりと車に乗って、他県のちょっとしたマイナーな観光名所に行くのが好きなんだ。そこにみっくんもいたら嬉《うれ》しいなと思って』

あ、そうか。

ふらりと車で行って泊まるはずがない。あやねえは日帰り旅行のつもりだったのだ。

『いわゆる小旅行だから』

今になって会話を思い出してみると、旅先で泊まるとは一言も言っていなかった。あやねえと一緒に泊まりたいという気持ちが、俺の目を曇らせていたのだろうか。

やべえ、そう思うと顔から火が出そうなくらいに恥ずかしい。背中に背負ったご立派な宿泊セットを、バックドロップで自分の体ごと道路に投げ捨てたいくらいだった。

「ごめんね、みっくん。私がしっかりと伝えなかったから……」

「いやいや、俺がちゃんと聞けば良かったんだ」

「今度は泊まりにしようね」とあやねえは言う。本気で言っていないことがわかっていても、こういう言葉ってどうして嬉《うれ》しいんだろう。

ちらりと眞耶《まや》を見る。ということは——。

「眞耶も一緒に旅行を？」

「そうだよ」あやねえは明るい声で言う。「最近、眞耶ちゃんによく相談されててね。折角《せっかく》だったら眞耶ちゃんも一緒に行った方が楽しいかなって。昨日思いついたんだけど、快諾してくれたんだ」

そっか、あやねえは『二人でもいい』と言っただけで、『二人がいい』とは言っていないもんな。俺がもっと二人きりを推していたら、成り行きも変わっていたかもしれないけれど。

ふと見ると、眞耶がちょっと小さくなっている。

そう言えば眞耶は、俺があやねえのことを好きだということを知っているのだ。自分が邪魔をしたとでも思ってしまっているのかもしれない。

俺は努めて自然な微笑《びしょう》を浮かべながら言う。

「眞耶と一緒に行けるのは楽しいな」

眞耶の顔がパッと明るくなる。通り雨が過ぎ去っていくのを見て、巣穴から喜んで出てきたレッサーパンダみたいだ。

それが可愛《かわい》くて笑ってしまって、さっきの笑顔が本当の笑顔になり、嘘《うそ》も誤解もこの場には何一つ存在していなかったような気持ちになる。

「でしょ」あやねえが得意げに言う。

「相談って、眞耶があやねえに相談？」

「そう」

「なんだか珍しい組み合わせだね。差し支えなかったら内容を聞いてみたいけど」

「実はねー」

と言って、ちらりとあやねえは眞耶の方を見た。

すると眞耶は「ふわっ」みたいな声を出して俺たちから目を逸《そ》らし、内股になって両手の人差し指でバツのポーズを作った。言わないでくれ、ということらしい。

よく見ると顔が紅潮している。耳まで真っ赤になりそうなくらいだ。

「…………？」

あやねえは首を捻《ひね》った。その反応はあやねえにとっても予想外だったらしい。

内緒みたいだねー、と何事もなかったかのように言って、あやねえはスマートキーを押して車のドアを開けた。

フォルクスワーゲン・ゴルフに乗る。俺は助手席に座る。オレンジ色のシートカバーには厚みがあり、揺りかごのように柔らかく俺たちを包んでくれた。

後部座席に座った眞耶の方を見ると、彼女の頬《ほお》にはまだ赤みが残っていた。

さっきの恥ずかしさがまだ彼女の中でこだましているみたいだ。俺がさっきまで感じていた恥ずかしさが、相対的にゼロになりそうなくらいに羞恥《しゅうち》している。

もしかするとあやねえは、眞耶《まや》の相談は内緒にするほどのことでもなくて、なんなら今日の旅行中に、俺も相談相手の一人に加えようとすら思っていたのかもしれない。

でも眞耶の拒絶が想像以上で、それをやめた？

うーん……わからない。

そもそも素振りだけでは人の気持ちはわからない。

なんだか皆が遠回りをして、その複雑な道筋が絡み合って、くっついたり離れたりしているような朝だ。まだ朝方の夢の残滓《ざんし》があるかのような。

あやねえは運転に慣れている様子だ。フォルクスワーゲン・ゴルフは安定感を持って一定の速度で進んでいく。だから運転中でも、俺たちは日常的な感覚で話すことができる。

「これからどこに行くの？」

関越《かんえつ》自動車道に入ったところで、俺は聞く。後部座席の眞耶が「知らんの？」と不思議そうに聞く。

「群馬県。一度も行ったことがなかったから」

「ふうん。群馬のどこに行くの？」

「とりあえず、赤城《あかぎ》神社っていう所。その前に前橋《まえばし》で昼食も取るよ。ま、こういうぶらりとした旅の目的地なんて別に何処《どこ》でもいいんだから、着く前にもっと面白そうな所があれば、別にそこでもいいんだけどね」

「赤城神社っていうのは、有名な神社なの？」

「いいや、あんまり」

「じゃあなんで？」

「うーん……話すと長くなるけどいい？」

「群馬県まで長そうだし、丁度いいんじゃない？」

「じゃあ話すね」あやねえは嬉《うれ》しそうに話し始めた。「大学の講義に『日本文化史』っていうのがあってね、七十歳を超えたおじいちゃんの教授が、ひたすら神社について語り続けるっていう授業なんだけど……」

「ああ……前にレポートを書いてた名物教授の奴？」

「あ、そうそう」あやねえは、よく覚えてたねと感心するように言った。「私は神社なんて元々興味はなくて、必修だからなんとなく受けてたんだけど、その授業が意外と面白くてね。なんか自分も気になってきちゃって」

「どんな授業なの？」

「まあ簡単に言ったら、古代の宗教がどう興《おこ》ったかという授業なんだけど、噛《か》み砕いて言えば

——私たちってさ、デカい海とかデカい山とかデカい岩とかを見ると、自然と気分がアガるじゃん」

「アガるね」

「実際問題どうかはともかく、パワーを貰《もら》っているような感じもするでしょ？　スピリチュアルじゃないけどさ」

「まあ、わかるよ」俺は真辺《まなべ》家のあった三重県の壮麗な海を思い出しながら言う。

「だから昔の人はね、『なんでこんなに気分が上がるんだろう』って考えた時に、『ああ、ここには神様がいるんだな』って解釈したらしいんだよね。『神様が力をくれるんだ』って」

「へえ」

「仏像を見て仏様に思いを馳せるとか、十字架を見て神様を想像するとかは……まあ、ぶっちゃけよくわかんないじゃん。私たち無宗教だし。でも『大きな岩を見て気分が上がる』っていうのは今の自分でもわかるし、それに『神様がいるからだ』って理由を付ける感覚はわかるというか、素直に素敵な感受性、冴《さ》えたセンスだと思ったんだよね。だから昔の人って、神社もお寺もなくて、そのまま山とか岩とかに祈ってたらしいんだよね。神社の本殿とか仏教の寺院とかは、後で付け足されたもので」

「なんか、素朴な信仰だね」

「そう。それで、私はその話を聞いた時に、その信仰の元になった、岩とか山とかを実際に見てみたいと思ったんだよね。どういうものを見て『神様がいる』って感じたのか、ちょっと気になるじゃん」

「赤城《あかぎ》神社にはそういう岩があるってこと？」

「うん。今となってはそういう岩……磐座《いわくら》はあまり残ってないんだけど、赤城神社は東京から気軽に行ける範囲で、気軽に磐座が見られる場所なんだよね」あやねえはハンドルの角度を少しだけ調整しながら言った。「で、私たちがその岩を見て『大きくてすごいなあ』『なんだかパワーを感じるなあ』と思った時、ひょっとしたら『神様さえもいるかもしれない』と思った時、きっと何万年も昔の人も同じように『神様がいるかも』って感じてたんだよ。なんかさ……ほら、結構壮大でしょ？」

俺は二回うなずくと言った。

「あやねえって話し上手かも」

「授業をしてくれてる、中沢《なかざわ》教授の受け売りだよ」あやねえは照れたように笑った。

「こう言っちゃなんだけど、ただの岩なのにね」

「そうそう。どうせ神様なんていないんだから」

と、あやねえは元も子もないことを言い出す。

それから思い出したかのように続けた。

「そうだ。赤城大明神っていうのは、恋の神様でもあるんだよ。だからみっくんの恋も叶っちやうかもね」

「へー」

と言われると、是非ともその磐座《いわくら》が見てみたくなった。

……神様は居ないと言われた直後なのに、恋の神様を祀《まつ》っていると言われて、不思議とテンションが上がってしまうのは、やっぱり神様の正体って結局、ノリとか雰囲気だからなのかもしれない。

「記憶違いだったかな……。女性の願いを叶えるんだったっけ。女性の恋の願い限定だったかな……」

あやねえはフロントガラスの向こうにある雲を見ながら悩み始める。そこは結構大事なんじゃないだろうか？

「女性の恋？」と後部座席の眞耶《まや》が身を乗り出して聞く。同時に彼女のアンテナみたいな寝癖がふわりと揺れた。

「うん。わかんないけどね」あやねえは笑った。「ま、こういうのって、ご利益があると思ったらあるものなんだから、きっとあるよ」

前向きに言った。まあ、俺にとっては恋の神様、眞耶にとっては女性の恋の神様でいいかと思った。

でも、恋か。

眞耶は誰かに恋をしているのだろうか？

具体的な相手は居ないけれども、なんとなくいい相手と会いたい、みたいな時もある。そこから一段階抽象化して、ぼんやりと恋というものに憧れている時もある、けど。

『心の揺らぎじゃない、本当の恋みたいなものはあると思うよ』

ふと五月に眞耶が言っていたことを思い出した。あの時の眞耶は、やけに確信があるふうだった。

眞耶には誰か好きな人がいるのかもしれない。そう思うとなぜだか、心が揺れた。


前橋《まえばし》までは二時間ほどで着く。

俺とあやねえと眞耶の三人というのは珍しいメンバーだが、特に問題なく話は盛り上がる。

ただ眞耶といると、あやねえは「二人きりの時のあやねえ」よりも「従姉《いとこ》としてのあやねえ」に近づいてしまう気がして、ちょっと距離が遠くなる感じがする。

東京と比べると背の低い建物が並ぶ、ゆったりとした時間の流れる町を車で走る。中学まで住んでいた大宮市に近い印象だ。利根川を渡る群馬大橋を通りながらあやねえが言う。

「ちょっと早いけど、昼からは山登りだから、早めに昼食を取ろうか」

「そう言えばなんで山に登るんだっけ。赤城《あかぎ》神社が山奥にあるの？」

「いや、赤城神社までは車で行けるんだけどね。そこから磐座である櫃石《ひついし》っていう所まで、一時間ほど山を登らなきゃいけないの」

「けっこう離れてるんだね」

「うん、一々山に登るのは時間がかかるから、昔の人も祈りやすいように麓《ふもと》に神社を作ったんじゃないかな」

なるほどね。けっこう神様の居場所ってアバウトなんだな。人間側の都合に合わせてくれるんだ。

周囲を瓦屋根の民家に囲まれている、なんでもない住宅街の一角に、黄色い異国風の一軒家レストランがあった。ここがあやねえが来たがっていた中南米料理のお店らしい。

広い駐車場には前橋《まえばし》ナンバーの車が三台停まっている。軒先を園芸に使っているらしく、鉢植えでは様々な色合いの花々が咲き、空に葉片《ようへん》を融《と》かしている。オレンジ色のドアを開けると、和やかな雑談の声と共にスパイスの匂いが顔を出す。

どうやら男性シェフが一人で切り盛りしているお店らしく、入り口で少し待っていると座席に案内された。軽い雑談なんかをしながら。この程よく力が抜けた感じは都内にはないもののように思う。

手作りのメニュー表からケバブとタコライスのセットを頼む。あやねえはタコスとカレーのセット。眞耶《まや》はケバブとカレーのセット。

注文を待っているとあやねえが言う。

「メキシカンビールっていいよねえ」

カウンターの奥にある酒類の瓶に目を輝かせている。もちろん今は飲めない。

料理が届く。

ケバブっていうと、あのぐるぐると回転する肉のかたまりをナイフで削ぎ落とした奴が頭に浮かぶけれども、あれはケバブの一種に過ぎず、実際はもっと広義の肉料理のことを言うらしい……というのは、俺の手元に来たケバブがそうじゃなかったからだ。印象で言えば、大ぶりの肉を程よく焼いたものという感じだ。

「結局のところ、ケバブってなんなんだろう？」俺は聞いた。

「私も前に調べてみたんだけど、けっこう定義が曖昧《あいまい》なんだよね」あやねえが言う。

定義はわからないが、ともかく美味しい。肉に厚みがあるし、中にはチーズが入っている。口の中で肉汁が溢《あふ》れる。

あやねえはタコスを丁寧に巻きながら言った。

「前橋は豚肉が有名なんだって。毎年、豚肉料理のコンテストをやっていて、この店もグランプリに選ばれたことがあるらしいよ」

「へえ」肉料理が充実した町っていいなあ、という男子高校生らしい感想を抱く。

「わっ」ふと見ると眞耶がタコスからサルサソースを零《こぼ》していた。

「ちょっと、眞耶《まや》ちゃん」

あやねえは笑って、ハンカチでジャージに付いたソースを拭いてあげていた。

食事を終えて赤城《あかぎ》神社に向かう。


レストランのある住宅街を抜けると、一面の田園風景が広がり、背の高い建物は一つもなくなる。空の青色が車窓の半分を満たし、遠くにある入道雲がよく見える。

空き家や錆《さ》びた家が目立ち、荒れ地や耕作放棄地も交ざる、色褪《あ》せた写真の中にあるような田舎町だ。過疎化が進み、やがては全ての色が抜けて、町中が真っ白に変わってしまう、その途中にあるような。

トラックが横を走っていく。ここに住む人たちとは、こうして旅行にでも来なければ一生すれ違うこともなかったかもしれない。そう思うとなんだか不思議だった。

「見て見て、鳥居だよ」とあやねえが言う。

赤城の大鳥居というものらしい。近づいてみると、遠くから見た印象よりもずっと大きかった。電柱の一・五倍くらいの大きさはある。というか、俺たちが住んでいるマンションよりも大きいんじゃないか？　ひなびた交差点にこの鳥居だけがぽつんと佇《たたず》んでいる姿は、ちょっと珍百景だ。

「ここが赤城神社……ってこと？」

なんとなく違うことがわかりつつも俺は聞く。

「いや、これはただの鳥居。赤城神社までは、まだ三十分くらいあるかな」

「なんでこんな所に鳥居だけあるんだろうね」

「さあ、わからない。ともかくこういう変な風景って旅行しないと見られないから、旅行の楽しみの一つだよ」あやねえは満足したように言った。

大鳥居を抜けて山に向かう。その辺りから、道路の勾配《こうばい》も急になっていく。民家が更に減り、代わりに深い森が間隙《かんげき》を満たしていく。

進むごとに古い家々や、用途不明の空き地も消えていき、ついに道の両脇が森へと化す。もはや俺たちは完全な森の中を走っている。

勾配が急だし、カーブも多くなってきたから、車体の揺れも大きくなる。後部座席の眞耶が振動に合わせて「うわわ」と声を出す。

だがあやねえは特に動じることもなく、口笛でも吹きそうな余裕さで運転していく。

「なんか……すごい場所じゃない？」俺はつい聞いた。

「へ、これくらい普通だよ」

「そうなの？　人気《ひとけ》がどんどんなくなっていっているような」

「いやー、これも旅の醍醐味《だいごみ》の一つだね。普段、こんなに人がいない場所って中々来ないでしょ？」あやねえは喜々として言う。

「そりゃあ、そうだけど」別に褒《ほ》めたわけじゃないんだけど。

「東京って、どこにいても人がぎっしりいるような気がして、落ち着かないじゃん。だから、たまには旅をして、気持ちを休める必要があるんだよ」

「あやねえの旅って、全体的にこういう感じなの？」

「こういう感じって？」

「全体的にノープランっていうかさ」

　あやねえは少し考えてから言った。

「まーね。最初は目的地すらも決めなかったよ。漠然と遠くに行きたいなと思って、カーナビも見ずに勘だけを頼りに海に向かったりしたね」

「着けたの？」

「うん。その時はたまたま海ほたるに着いてね」あやねえは車窓の向こうを見つめて、目を細めた。「すごく良かったよ。深夜の、人のいない海ほたるって本当に……なんとも言えない良さがあってね、全ての人がいなくなって、何もかもが海に沈んでしまった世界を、独り占めしてるみたいでさ」

　あやねえは助手席の俺に笑いかけた。あまり見せたことのない笑い方だ。いたずらの共犯者に向けるみたいな。

　その美しさに俺がどきりとして何も答えられないでいると、あやねえはそっと窓の向こうを見て、話の続きをした。

「それからかな、この茫洋《ぼうよう》とした遠くに行きたいという気持ちに、『旅行』という名前を付けるようになったのは。今ではこうして、旅先の美味しい食べ物とかも調べるようになって、ちゃんと旅行っぽいことをするようになったんだけど、根本にある気持ちは――」

「放浪？」と俺は聞いた。

「そう、放浪。いい言い方だね」あやねえはやや子供っぽく言って、「旅行とは言っても、人がいっぱいいる所には、わざわざ行こうとは思わないしねー」

「なんか、変わってるね」

「いやいや、人の少ない観光地って、けっこうあるんだよ？」あやねえはちょっと語気を強くした。「まあ、観光地の人からすれば全然いいことじゃないんだろうけど……。赤城《あかぎ》神社もそういう場所なんじゃないかなって。教授から話を聞いて、人が少なそうなのに綺麗《きれい》そうだと思って、行ってみたくなったんだ」

なるほどね。なんでこんなマイナーな観光地に、みたいな気持ちも多少はあったのだけれども、あやねえは逆に人が少なそうだから選んだわけか。

「他にも行ってみたい場所とかあるの？」

「伊豆諸島かな。神津島《こうづしま》ってところが、前に読んだ小説に出てきて、すっごく夜空が綺麗らしいんだよねー」

とか話しているうちに赤城《あかぎ》神社に着く。

予想以上に人がいる。

狭い駐車場には参拝客の車が二十台ほどひしめいている。道中ではほとんどすれ違わなかったのに、一体どこからやって来たんだろう。

俺たちと同じような登山ウェアを着た人たちがいる。俺がシンプルな半袖で来ているのが、恥ずかしくなるくらいの重装備だ。

「櫃石《ひついし》、意外と有名なのかな……？」あやねえが言う。

そうなのかな。良くも悪くも「ただの岩」を見たいという人が、こんなにたくさんいるとは思えないんだけど。

とりあえず赤城神社に参拝する。

赤城神社は大沼《おの》という大きな湖の畔《ほとり》にある。

畔とは言うけれども、印象としては池の真ん中にある小島って感じだ。

神社に行くために啄木鳥《きつつき》橋という、欄干が赤く塗られたヒノキの橋を渡る。大沼の波面は立体的に形を変えながら陽光を跳ね返し、空に不規則な光を送っている。遠くからは鳥の声がし、風に吹かれて木々の擦《す》れる音が聞こえる。空気もひんやりとしていて心地が良い。

橋を渡り終えると、赤城神社の鳥居が俺たちを迎える。

ここからは神社の境内だ。

立派なミズナラの樹が聳立《しょうりつ》し、清らかな空気を俺たちに送る。梢《こずえ》越しのまばらな光があやねえと眞耶《まや》を照らし、二人の肌をより白く見せる。左手は湖畔が見渡せるようになっていて、波が無邪気な子供のように踊っているのが見える。

石の階段を登っていくと手水舎《ちょうずや》と社務所があり、その向こうには二体の狛犬《こまいぬ》に挟《はさ》まれた、立派な朱色の拝殿がある。格子が緑に塗られていて小洒落《こじゃれ》た印象がある。

拝殿にお参りした後に、あやねえが「折角《せっかく》だから記念写真を撮りたいね」と言う。

社務所にいた巫女姿の職員さんに協力してもらって、三人で記念写真を撮る。

いい写真になる。後でラインに貼ってもらって、事あるごとに眺めてニヤニヤしようと俺は思う。

あやねえが職員さんに聞く。

「ここから櫃石に行きたいんですけど、どう行ったらいいんですか？」

すると、おもむろに職員さんが慌《あわ》てだす。

……？

職員さんの話によると――。

どうやら「赤城神社」と名のつく神社は群馬県の中だけでも百十八社、全国には三百社以上あるらしい。

今、俺たちがいる赤城《あかぎ》神社は、厳密には大洞《だいどう》赤城神社と呼ばれ、群馬県で最も観光地として有名な赤城神社だという。

一方、櫃石《ひついし》があるのは三夜沢《みよさわ》赤城神社といい、ここからやや距離を隔てた所にある。

大洞赤城神社も三夜沢赤城神社も、数少ない「本宮」であるが、場所としては異なるのだという。

「はあ……」俺たちは感心しながらその話を聞いている。

「まあ、『群馬県の赤城神社』といったらこちらが普通で、櫃石の方に行きたいという人は稀《まれ》ですからね」

「間違えちゃったのか」と、あやねえは長い髪の毛を引っ張りながら言った。

「『群馬　赤城神社』と検索すれば、三夜沢よりも先にこちらが出るでしょうし……」と職員さんは苦笑いをした。

ちょっと納得する。神様がいるとは言え、良くも悪くも「ただの岩」を見たいという人が、こんなに一杯いるはずがないもんな。

「じゃあ、登山服の人たちは何処《どこ》に向かっているんですか？」と俺は聞く。

「ここは赤城山の登山コースの入り口に当たるんです。こちらを参ってから山登りに行くという人が多いんです」

なるほど。同じ山登りといっても、目的地が違うのか。

「なんで三百社も赤城神社があるんですか？」と、三重県の訛《なま》りのある敬語で眞耶《まや》が聞いた。

「赤城大明神はとても縁起のいい神社ですので、各地で分祀《ぶんし》しているんです」職員さんはあやねえをちらりと見てから言った。「皆さんは東京から来たんですか？　東京にも赤城神社はあって、赤城大明神は祀《まつ》られていますよ」

眞耶は俺だけに聞こえる声で、「ファンクラブが各地にある状態ってことかなあ……」と呟いた。

山から降りさせられて、分祀もされて東京まで行かされて、神様の仕事も大変だ。

「まあ、こういうのも旅の醍醐味《だいごみ》かな……？」

あやねえは疑問符付きで言うと、スマートフォンで三夜沢赤城神社への行き方を調べ始めた。

そして首をかしげた。

どうやら一時間くらいかかるらしい。ウィキペディアの写真を見て、うーん、とあやねえは唸《うな》った。

俺もスマホで三夜沢赤城神社について調べてみる。

外観としては、かなり渋い神社だ。『縣社《けんしゃ》　赤城神社』と書かれた石標のそばには、灰色の大鳥居が凜《りん》と立っている。境内にはスギやブナの木が立ち並び、拝殿は木造の神明造《しんめいづくり》で、デザインには特に遊びのようなものがない。こういう表現も変だけど、本当に神様がいる場所ってこんな場所なのかもしれないと思う。今いるお洒落《しゃれ》な大洞赤城神社と違って、飾り気がない。まあ派手好きな神様だっているかもしれないけれども。

やや日が陰り始めている。

あやねえはふと大沼《おの》の方を見る。するとそこには、小さなボート乗り場がある。ミントグリーンの三角屋根の、小さなプレハブ小屋で貸しボートの受付をやっている。水辺にはつぶらな瞳のスワンボートが並び、堂々とその胸を反らしている。大沼はモザイク状の波面を作り出し、波たちは光を反射しながら分裂したり不規則に統合されたりする。終わりなき振動を続けるエメラルド色の湖面が向こう岸まで続いていて、俺はふと、この池をボートで渡ったら楽しいだろうなと思い始める。

あやねえも同じ発想をしたのかもしれない。爽《さわ》やかに笑って言った。

「今日はボートの日にしようか」

予定変更だ。

三人でボートに乗る。

乗る前に職員さんに乗り方を教えてもらったのだが、本当に十秒くらいで説明が終わってしまったので、乗りこなせるかやや不安だった。

仕組みは自転車と同じだと言う。進行方向をハンドルで調整し、足でペダルをくるくる回すとボートが進む。要するに水上自転車だ。全国的に見ても、一番ポピュラーなタイプらしい。

ボートなんて漕いだことはなかったけれども、問題なく乗れる。

岸から遠ざかっていくと同時に、あやねえと眞耶《まや》が「おおー」と歓声を上げる。大して難しいことをしていないのに喜ばれるのはむず痒《がゆ》い。でも嬉《うれ》しい。

「あやねえ、櫃石《ひついし》に行かなくていいの？」

一応、聞く。

「まあ、いいんじゃないかな、赤城《あかぎ》大明神自体には参っているわけでしょ？　結果的には同じなんじゃないかな？」

つまりは気が変わったのだろう。というか、楽しかったら旅行の主目的とかはあんまり気にしない性格なんだろう。

旅行ってこんなんでいいのかなと俺は思う。まあ、あやねえがいいと言うのならいいのだろう。

もしかすると、あやねえみたいな人が神社の拝殿を造ったり、分祀《ぶんし》を進めたりしたのかもしれない。「実質同じじゃん」「神様なんてノリだから」とか言って。

「眞耶ちゃん、あそこ、鯉《こい》がいるよ」あやねえが水の中を指差す。

「あれ、どこ？」

「あはは、逃げちゃった」あやねえは水しぶきを浴びたみたいに笑った。

太陽の光が暖かく俺たちを照らしている。湖の上を爽やかな風が流れていき、暖かさと涼しさが交互にやってきて俺たちをリラックスさせる。湖の寝息のような波の音と、カッコウやオオルリの鳴き声が聞こえる。水の上でゆらゆらと揺れる感覚も気持ちがよく、背中であやねえと眞耶《まや》が話しているのも楽しく、ずっとこうしていたい気分だった。

　あやねえが言う。

「そうだ、帰る前に恋愛成就のお守りも買わなきゃね」

　そういえば赤城《あかぎ》大明神は恋の神様なのだ。今となってはその由来が大洞《だいどう》赤城神社なのか、三《み》夜沢《よさわ》赤城神社なのかはわからないけれども、最早《もはや》どうでもよかった。

「それで、どうなってるの？」

　水面に風が吹くのと同じくらいのさり気なさであやねえが言う。

「なにが？」

「みっくんの恋路」

　俺は一瞬だけボートを漕ぐのをやめて、ちらりと後部座席にいるあやねえの方を見る。

　あやねえは混じり気のない視線で俺の方を見ている。

「この前の続き。凪夏《なぎか》ちゃんとは会ってるの？」

　あやねえにそういうことを聞かれることに対して、今更ながらほんの少しの抵抗感がある。

　その抵抗感は時と共になくなるようなものではなくて、かといって強まるものでもなくて、その時の俺の気持ちや、その日の状況によって変わってくるものなのだけど、半日間の旅行の後だからか、今はやや強かった。

でも俺は、なるべくそれを表に出さないようにして言った。

「いや、微妙だよ」

口調に気を使ったからだろうか。俺の気持ちとは裏腹に、かえって乗り気なように聞こえたかもしれない。

「そうなの？」

「まあ、テスト期間だったからね」

「そっかー……」と、あやねえは残念がった。

「……ああでも、次のデートの約束をしたよ」

「ホント!?　それは良かったね！」

あやねえは心底嬉《うれ》しそうに喜んだ。地球に永遠に裏面を見せない、月の光みたいに明るい笑みを浮かべた。

「どこに行くの？」あやねえは早口で聞いた。

「荒川自然動物園にふれあいコーナーが出来たから行ってみようって。凪夏の方から提案してくれたんだよね」

「へえ、良かったね」

「うん、凪夏は動物園によく行くらしくて――」

なんだろう、この気持ちは。
色んな感情が綯《な》い交《ま》ぜになっている。
あやねえが俺のことを恋愛対象として見ていないことを、彼女の無邪気な相槌《あいづち》から確認させられる虚しさと、
あやねえが俺の話に喜んでくれる……四つ年下の従弟《いとこ》が初恋に奔走《ほんそう》している話を、楽しそうに聞いてくれる嬉《うれ》しさと、
凪夏《なぎか》の魅力を他人に語っているという恥ずかしさと、
自分の語っていることの全てが偽りに感じられるような、ずうっと嘘《うそ》をつき続けているような後ろめたさと、
その四つのどれにも含むことができない、複雑な感情と、
色んな感情が混ざり合う一方で、その一つ一つが、はっきりと手に取れそうなくらいに俺の気持ちで、
刃こぼれしたミキサーで感情を潰《つぶ》そうとするのだけど、そのたびに痛みが走り、ミキサーは時折止まりながら弱々しい音を吐いている感じで、
ある感情が潰れるたびに俺に苦しみを残し、その感情がまた生まれ直し、そのたびに潰され、その無為な連続運動を止めることができなくて、呆然《ぼうぜん》とそれを見つめ続けている感じで、
結局の所、俺はべらべらと凪夏の話をし続けた。

「凪夏は元々鹿児島出身なんだけどさ、その時からよく一人で動物園に行ってたらしいんだよね〜。前からよくラインで動物の癒やし動画を送ってくれてたんだけど、そんなに動物が好きだとは知らなかったな。最近はＳＮＳで荒川自然動物園についてサーチして、いち早くふれあいコーナーに行っている人を見て羨《うらや》んでいるみたいだ。動物園の売りはカピバラなんだけど、凪夏はミニブタも好きだから、ミニブタの動画を見つけると嬉しそうに俺にシェアしてくれて――」

あやねえは俺の話を嬉しそうにうなずきながら聞いていた。

気持ちの複雑さに反して、俺のしている行動はものすごく単純だ。

「クラスメイトへの初恋に胸をときめかせていて、それを従姉《いとこ》のお姉ちゃんに嬉しそうに報告している十五歳の男の子」になりきることだ。

色んな感情がある中で、俺はきっと「嬉しさ」を選んだのだ。

どういう原理によって選んだのだろう？

能動的に？　受動的に？　意識的に？　無意識的に？

わからない。

ただ俺の話によって、あやねえが喜んでいることは確かで、

白い歯を見せて「みっくん、やるじゃん」「いいね、青春だねー」とか言って笑っているのは事実で、

だからか俺の口からは次々と凪夏《なぎか》の話が出てくる。

あやねえはその一つ一つに明るく相槌《あいづち》を打ってくれる。

当たり前の従姉弟《いとこ》同士の恋愛話。

どこにでもある平和な日常。

それを演じることでこの場を終えようと思ったのかもしれない。

そうすれば、俺の内心でとぐろを巻いているこの名付けようのない感情は、直視されることもなく闇に葬り去ることができるだろう。

真実の記されたノートに安値の付箋をびっしりと貼り、上辺だけの言葉を書き込んで、元のノートに書かれた言葉を丸っきりわからなくしてしまえるだろう。

当たり前の従姉弟関係を続けられるだろう。

＊

旅行が終わり、家に帰ってきた。

その日はなんとなく寝付きが悪かった。どんな寝相を取っても落ち着けなくて、乾いた血の

色に似た闇夜は、いつまでも俺を昂《たかぶ》らせ眠らせなかった。

ずうっと何かを考え続けているのに、その何かは何の意味も持たずに、おまけに片っ端から内容を忘れてしまうような、まるで脳みそがガラクタになったような夜だった。

このままベッドの上にいたって仕方がない気がする。眠れない時はいっそのことベッドから出た方がよく、結果的にその方が早く眠れるのだと俺は経験的に知っていた。だから一旦パジャマの下を脱いでジーンズに着替えると、夜道を散歩することにした。

玄関のドアを開ける。生ぬるい夜風が肌を覆う。

東京に来てから、夜に散歩をするのは初めてだ。一応は母親の、あまり夜遅くには出歩かないようにという言いつけを覚えていたからだ。ちなみにテスト期間中のファミレスは「塾の自習室の代わりだから」という理屈で俺の中だとＯＫになっていた。

散歩を始める。

分厚い風が吹き、電線が揺れる。

この辺りは住宅街でマンションが立ち並んでいるのだけれども、窓から漏れる明かりの一つ一つが妙に余所余所《よそよそ》しく見える。

人通りは少ない。だがたまに馬鹿笑いしている酔っ払いのカップルとすれ違う。自分以外の人間をエキストラだとでも思っている様子で、足早に風を切りながら歩いていくＯＬっぽい女性ともすれ違う。

　そのうち、歩き始めた時に一応の目的地にしていた場所に着く。

　そこは古い自動販売機が、二台寄り添うように置かれている場所だ。雨に当たらないように黄ばんだアクリルの屋根だけが、ささやかな気遣い程度に設置されている。車止めの円柱が二本立てられていて、一応はその内側で誰かと雑談できるくらいのスペースはある。直《す》ぐそばの古びたアパートに埋め込まれるような配置になっているので、恐らくこのアパートの管理会社が設《しつら》えたものだろう。

　そこに、部屋着にジャージを羽織っただけの女の子が一人いた。

「眞耶《まや》？」

　俺は聞いた。すると彼女の触覚みたいな寝癖がぴくん、と揺れた。

「みっくん？」

「一体、こんな時間にこんな場所で何してるの？」

「それはこっちのセリフや。みっくんは何しとんの？」

「いや、なんとなく眠れなくて」

「うちも同じ。眠れないから夜風に当たっとる」

　そう言うと眞耶はすっと夜空を見上げた。その横顔はいつもの彼女よりも、少しだけ大人っぽく見えた。

　この自動販売機は、マンションから散歩をして目指すには丁度いい距離にある。近くに人気《ひとけ》もないし、あまり人と会いたくない真夜中に行くには適切な気もする。同じ時間に散歩を始めたら、同じ場所に辿《たど》り着いても不思議ではないかもしれない。それにしても折のいい偶然ではあるので、やや運命めいたものは感じた。

「こんな時間に家を出て、叔母《おば》さんは怒らないの？」

「お母さんは知らんやろな。お姉ちゃんも爆睡してたから、うちが家を出たことに気づかんかったと思う」

「そっか」

眞耶の部屋と叔母さんの部屋は別だから、伊緒《いお》さえ眠っていれば、こっそり家を出るくらいのことはできるのか。

「夜中に散歩はよくするの？」

「いいや、今日が初めて。だからお姉ちゃんが知ったら慌《あわ》てるやろなあ」

眞耶は楽しそうに笑った。俺も自然と口角が上がる。旅行が終わってから、ずうっと重々しい顔つきでもしていたのか、強張《こわば》った表情筋がほぐれ、程よい間隙《かんげき》が作られていく感じがした。

俺はポカリスウエットを買う。眞耶はホットのはちみつレモンを飲んでいる。

ペットボトルのキャップを外していると眞耶が聞く。

「やっぱり、今日の旅行が原因？」

俺はペットボトルのキャップを外す動作を中途半端な所で止めながら答えた。

「なにが？」

「赤城《あかぎ》神社のボートの上で、あやねえに御武《みたけ》さんの話をしてた時、なんだか無理をしてる感じじゃなかった？」

「いいや、ただ眠れなかっただけだよ」

「本当にそう？」

眞耶《まや》ははっきりと口にする。俺はキャップを外している姿勢のまま止まる。

「だって、見とるだけのうちでも苦しかったんやもん。渦中のみっくんが苦しくないわけないよ」

「…………」

俺は何かを言おうとして、やっぱりやめる。代わりにポカリスウエットを口に運び、言葉を飲み込んだ。

互いに無言になる。するとこの世界には俺たち以外、誰もいなくなってしまったかのような静寂が訪れる。

一人で夜道を歩いている時は、東京は人影がなくても人気《ひとけ》の絶えない場所だと思っていた。なのに二人で夜道にいると、夜が昼の光を拭い去っていくのと同時に、他人の気配すらも残らず消してしまって、安堵《あんど》の息をつけるほどの空間くらいは作ってくれたような、そんな不思議な気持ちになる。

しばらくその沈黙の中だけにある、涼しい空気を吸っていた。

眞耶はふと思い出したようにポケットの中に手を入れると、手のひらサイズの物体を取り出した。

赤城神社で買った恋愛成就のお守りだ。

俺もポケットの中に手を入れると、同じお守りの色違いがあった。

昼間と同じジーンズを穿《は》いているからか、買った後にポケットに押し込んだ奴がそのまま残っていた。

あやねえに凪夏《なぎか》の話をした後は、なんだか気持ちが落ち着かなくて、ポケットのお守りをリュックサックに移し入れるほどの気も回らなかったのだろう。

赤城神社のお守りは「姫守り」といって、着物の女性の描かれた華やかなお守りだ。

かつて、赤城山に赤城姫《あかぎひめ》という名の美しい姫が訪れた。彼女は義理の母から命を狙われていて、麓《ふもと》から逃げてきたのだ。

彼女は最後、自分の姉である淵名姫《ふちなひめ》と共に神様となり、二人を乗せた鴨《かも》は赤城神社のある小《こ》鳥ヶ島《とりがしま》になった。それから彼女は赤城神社に訪れる女性の願いを必ず叶え、また美しい娘を授けるようになった。

というわけで、あやねえの「赤城神社には恋の神様がいる」という知識は半分間違いで「女性の願いを叶えてあげる神様がいる」という知識の方が正しかった。

だから俺は持っていたって仕方がないのだけど、これは赤城《あかぎ》神社一押しの名品で、通販もやっていなくて、これを買うためだけに遠くから訪れる人もいるのだという、職員さんからの熱いセールストークを受けて買ってしまった。

眞耶《まや》は白い手の平の上にお守りを載せて、それを見つめながら言った。

「叶うとええね、みっくんの願い」

俺は手の平の中にお守りを押し込むと、自嘲的に答えた。

「どうだろうね。俺は男だから、お守りの効果も半減するんじゃないかな」

「そんなことないよ」眞耶はお守りに目を留めたまま、囁《ささや》くように言った。「神様は心が広いから。山の奥からも出てきてくれるし、分祀《ぶんし》をしたって怒らないし、東京にも来てくれる。だから願っとる人が男か女かなんて、あんまり気にしとらんと思うよ」

「そうかな。そうだったらいいけれど」

「それに……」

眞耶はお守りを握り、ふと俺の方を見上げると言った。

「もしも女の子の願いしか叶えられなかったとしたら、代わりにうちが願うよ」

「何を？」

「みっくんの恋が実ること」

眞耶はさり気ない笑みと共に言った。

　その言葉と同時に、俺の頭がぐわんと揺れる感覚があった。

　溢《あふ》れないように心の奥にせき止めていた感情が、栓を抜いたように体中に広がり始めた気がする。それらは血管や気管や脊柱管《せきちゅうかん》などの、ありとあらゆる体内の通路を上って、俺の脳へと押し寄せた。

　視界がぼやける。涙が出そうな感覚があった。なんの涙なのかはわからない。ただ行き場のない激しい感情が涙の形となって体の外に出ようとしているようだ。

「うちが願うよ、みっくんのあやねえへの恋心が成就すること」

　眞耶はしっかりと言った。

　ついに涙が出た。頭が熱くなって、俺はそのままの姿勢では立っていられなくなる。倒れないように、思わず眞耶の胴の辺りを摑《つか》む。眞耶は嫌がらず、代わりに柔らかな抱擁を俺に返してくれた。

　しばらく眞耶にすがるような姿勢で、感情の波が引いていくのを待った。眞耶は俺をゆったりと抱き寄せて、肩に俺の頭を載せてくれた。

　眞耶の体は温かく、優しい感じがして、俺はなんとなく彼女が元々住んでいた家の近くにある広大な海のことを思い浮かべた。騒がしく遊ぶ俺たちを、静かに見守ってくれていたあの海だ。

　その体勢のまましばらくじっとしていると、ようやく言葉くらいは発せるようになった。

「ごめん……眞耶《まや》」

でもあまり筋道の通ったことは言えない。

眞耶は、どうしようもなくなっている俺をあやすように言った。

「いいよ、わかるよ。辛そうやったもんね、昼間」

辛そう、という言葉を使ってくれてよかった。

俺は自分が辛いことをようやくそれで自覚できた。

「辛かったんだ、俺。辛かったんだよ」

子供が覚えたての言葉を使うみたいに、何度もその言葉を繰り返した。

眞耶は俺に対する抱擁を強くした。

「無理してたもんね、わかるよ」

「俺は……」

嗚咽《おえつ》が喉に突き上げてきて、ふしゅううううう、というような音を立てて泣いてしまった。

変な泣き声だと自分でも思った。でも本当に泣いている時って、テレビドラマのような綺麗《きれい》な泣き声は出てくれないものなんだ。それを俺は中学三年生の時に、野球部の試合で負けて後輩が泣いているのを見て知ったのだけれども、自分が泣く時にまさか、ふしゅううううう、という声を出すとは思わなかった。

ふしゅううう、ううう、うううう、と泣いていると、口元にしょっぱい味を感じた。涙が口にまで流れてきたようだ。

眞耶のジャージの肩の所には、とっくの昔に俺が付けた涙の水たまりが出来ていた。それを見て俺は、衣服を濡らしてしまって申し訳ないなと思った。

そう思うとますます泣けてきた。目をつぶるとまぶたの裏には、ここ一か月の間の、あやねえと一緒にいた様々な光景が浮かんだ。

あやねえと同じ部屋にいる時間が、あやねえと夕食を取っている時間が、あやねえと一緒に笑っている時間が浮かんだ。

するとますます泣けてきた。何がどう涙のスイッチになっているのか、自分でも正直なところ筋道だった説明はできなかったけれども、ともかくこれ以上、あやねえのことを考えるのは良くない気がした。

それでも俺はまだ、あやねえのことを考えてしまった。この機会に、いっそ涙を出し切りたいとでも思ったのか、あるいはそこには逃れられない連想の呪縛のようなものがあったのか、よくわからない。

嗚咽は自分でもしつこくなるくらいに止《や》まなかった。早く眞耶を解放してあげたいと思ったけれども、自分で自分の体がどうにもならなかった。操縦桿《かん》の利かなくなった飛行機が、雲の中で乱気流に揺られているようだった。

すると、眞耶は思いも寄らない行動に出た。

俺が泣くのを止めようと思ったのかもしれない。あるいは一言では説明することができない、多義的で直感的な理由だったのかもしれない。

意図はわからないが、やった行動は明らかだった。

眞耶《まや》は俺の体の位置をすっと後ろにずらすと……、手に持っていたはちみつレモンを放り出し、俺の両肩に両手を置いて、俺の唇にキスをしたのだった。

突然のことで、俺は何も言えなくなった。

でも不思議と、その唇を受け入れていた。

唇と唇を合わせるだけの、子供っぽくて素朴なキスだった。

でも眞耶と唇を触れ合わせたことで、すっと俺の中の悲しみが引いていき、嗚咽《おえつ》が止まり、頭を割りそうだった激情の潮が引いていくのがわかった。

俺の手は、溺《おぼ》れた人が流木に摑《つか》まるように、必死に眞耶の体を摑んでいた。こんな抱きしめ方なんてないだろうから、俺はこっそりと自分の手を、もっとキスらしい堂々とした位置へと持っていった。

眞耶が目をつぶっていたので俺も目をつぶった。しばらくそのままじっとしていた。二人してキスシーンとでも名付けられた静止画にでもなったみたいだった。

知らない人が見たら、キスを始めてみたはいいものの、どうしていいかわからなくて、まご

ついて止まっている二人のようにすら見えたかもしれない。

でも俺はその沈黙に心を癒やされているような気がした。眞耶《まや》と唇を合わせて、そのままの姿勢で何もしない時間が、俺の心を柔らかく撫《な》でているような気がした。

どれくらい同じ姿勢でいただろうか。

わからない。ほんの十秒くらいだったかもしれないし、十分くらいだったかもしれない。

不意に物音がした。

何かが勢いよく落ちて、中に入っていた金属が転がっていく音が聞こえた。

続けて動揺の声が聞こえた。


「は……?? え……??」


俺たちはキスをやめて声の主の方を見た。

そこにいたのは、部屋着にパーカーを羽織った伊緒《いお》だった。

もしかすると眞耶が部屋にいないことに気づいて、急いで捜しに来たのかもしれない。財布を落としたようだが、そちらには一瞥《いちべつ》もくれず、じっと俺たちの方を見つめていた。

自分の落とした小銭を気づかずに踏みながら伊緒が言った。

「え……？　なんで……？　幹隆《みきたか》と眞耶……？」

俺と眞耶はぼんやりと伊緒の方を見ていた。眞耶の片手が俺の肩に、俺の片手が眞耶の胴の辺りに、降り濡《そぼ》っていた雪の残滓《ざんし》のようにそれぞれ残っていた。

なんでと言われても、上手く説明できる気はしなかった。たぶん自分で自分に対しても要領よく説明することができない行為だったのだ。それを伊緒を相手にできるはずがない。

それに、そんなことをしている時間もなさそうだった。

伊緒は財布も拾わずに、まるで怖いものを見たかのように、早足でその場から去っていき

……、

十秒ほどして戻ってくると、眞耶の右手を摑《つか》み、

そして残った片手で俺の頰《ほお》を平手打ちしようとして、

俺たち二人の表情を確認して、平手打ちをするのはこの場の空気的に違うと思ったのか、訂正といった感じで恥ずかしそうにその手を自分の腰の辺りに持っていき、

ふたたび眞耶を連れて走り去っていったかと思うと、また十秒ほどしてこちらに戻ってきて、最初に落とした財布を拾い、目につくだけの小銭を摘《つ》まみ上げ、遠くまで転がってしまっていた五百円玉を丁寧に財布に入れて、ついに本当に走り去ってしまった。

その様子を俺はぼんやりと眺めていた。

伊緒が走り去った後も、しばらく同じ体勢でいた。

だが体勢は変わらなくても、脳は忙しく情報処理を始めていて、やっと俺は、さっき起こっ

た出来事に混乱し始めた。

眞耶《まや》とキスをしたという事実が、正確に脳で処理され始めた。

え……??

なんで？　俺と眞耶がキス？　従兄妹《いとこ》だよ？

俺の気を静めたいという、優しさ、同情、雰囲気的なもの？

それとも眞耶は俺のことが好きなのか？　特殊な心理状況？

俺は額に手を当てて、さっき起きた出来事の一つ一つを頭の中で反芻《はんすう》してみた。

俺と眞耶の間に、抗いようがなくキスをするような流れが出来ていたことは確かだと思う。

出来ていたと断定していいかはわからないが、少なくとも俺の主観では出来ていたと思う。

その流れにのったと表現していいのか、のまれたと言っていいものかはわからないが、少なくともキスへの道を進むことを拒否しなかったのは確かだろう。

俺の方は昼間に無理をした心の痛みから、眞耶はなんらかの心の動きから、その流れに乗ったことは確かだし、そこにははっきりとした目的意識があったと思う。

俺たちはキスをしたくて、した。

馬鹿らしいくらいに当たり前の前提だが、土台としてはそうなのだ。

俺は自動販売機の前にある車止めの上に手を置いて、そこにうなだれるような姿勢になった。

その姿勢でしばらく背中を伸ばしながら、うんうんと唸《うな》りながら考えた。

なんでだ？　よく考えたら全然わからない。

わかった気になることと、本当にわかることとって全然違う。現代文の問題の『なぜキスをしたのか』に、『そういう流れだったから』って解答したら間違いなくゼロ点になる。

やはり具体的な答えでなければならない。

そして眞耶がキスをした明確な理由は、きっと眞耶以外にはわからない。

そもそも俺はなぜキスを拒まなかったのだろう。どうしてあんなにも長い間、唇をくっつけたままになっていたのだろう。

……拒む理由がなかったから？　特に嫌だと思わなかったから？

そんな理由で簡単に女の子とキスをしていいものなのか？

……ていうか。

冷静になってみると、滅茶苦茶恥ずかしいな。

だって眞耶なんだ。物心がつく前から彼女のことを知っているし、一緒にお風呂に入っていた時期もあるし、小学二年生の頃に俺が真辺《まなべ》家に泊まった時、おねしょをして大泣きをしていたのも知っているし、そういえば低学年の時に、砂浜でチンチンを見せてからかったこともあったし……って、駄目《だめ》だ。昔のことを思い出せば思い出すほど恥ずかしくなってくる。

大体、参照する記憶が古すぎる。最近の記憶を持ってくるべきだろう。

彼女は真辺家に行くと、たいてい食卓の椅子の上に体育座りをしていて、なにかの文庫本に熱中している。長い髪の毛が垂れ、白亜の足の上に立体的な影を作っている。俺が来たことに気づくと、すっと人懐っこい子リスのように顔を上げ、はにかんだような、やや不器用な微《び》笑《しょう》を浮かべる。時々寝癖が出来ていて、それを俺が指摘すると、こっそり洗面所に行って直してきたりする。伊緒《いお》や叔母《おば》さんが話している時は、あまり口を挟《はさ》まないけれども、話はちゃんと聞いている様子で、時々笑って、さざ波のように肩を動かす。人の目を見るのが苦手そうなのに、人の目を見る癖があって、時々彼女と目が合った時には——。

やめよう。なんだかもっと恥ずかしくなってきた、

*

ともかく確かなこととしては、俺がマンションにまで戻ってきた時、散歩をする前に持っていた孤独感のようなものは、完全に消え失せていたということだ。今となっては、どうして自分があんなにも憂鬱《ゆううつ》な気分だったのかわからない。

それ以上の出来事が起きてしまったからというのもあるが、そんな単純な理由ではなくて、もっと根本的な心の修繕のようなものを眞耶《まや》にしてもらったような気がする。

はっきりとわかっていることがある。

俺は眞耶にキスをされて嬉しかった。

だからその嬉《うれ》しさで、あやねえに片思いをしている辛さとか、にもかかわらず別の恋を応援されている苦しさとか、そういうものが少なくとも一時的には消えてしまったんだ。

ふと流南《るな》が口にしていたひねくれた物言いが頭に浮かぶ。


『恋愛感情っていうのは、正常さを求める衝動ですよね』


その言葉が今の自分に当てはまっているのかはわからない。もしかすると全然当てはまっていないかもしれない。

でも確かなことは、俺は眞耶からキスをして貰《もら》えるくらいには正常で、それくらい正常であるのだから、もう必要以上に憂鬱な気分でいる必要はないし、自分を追い込むような考え方はしなくていいということだ。

今日のキスの詳細については、今のところはわからない。

それでも俺は、子供のように気持ちだけを喚《わめ》き散らしてもいいのならば、眞耶にキスをされて嬉しかった。冷たい波に揉《も》まれた難破船がようやく波止場に辿《たど》り着いて、灯台の中のストーブで船員たちが暖を取っているような、そんな温かみのある嬉しさだった。

どこかで眞耶に、ありがとうと言いたかった。キスをされたことで気持ちが楽になったことは確かだったし、救われたような気持ちにもなったからだ。

その答えが正しいのか、正しい・正しくないという羅針盤が適当なのか。本当に何もかもがわからない。俺はアドレセンスという名の闇の中にいる。

*

でも月曜日の学校に眞耶《まや》は来ない。ラインを送ってみたけど、返信が来ない。

代わりに伊緒《いお》にラインをする。すると伊緒から、

『眞耶はインフルエンザなの』

と端的な返信が来る。

もしかして俺と顔を合わせたくなくて、嘘《うそ》をついているとか、そんなことがあるだろうか……とちょっと勘ぐったけれども、インフルエンザというのはやけに具体的な理由だし、そんな面倒な嘘に、伊緒やたぶん叔母《おば》さんといった他の家族を巻き込むはずがない。本当にタイミング悪く今罹《かか》ったということだろう。

『気になるの？』

と伊緒からラインが来る。

どう返信しようかと考えているうちに、もう一通来る。

『そりゃあ気になるよね。眞耶だもんね』

と自分で自分に言い聞かせているかのような文面が届いた。

窓際を陣取る、カースト高めの女子グループの中にいる、伊緒の方をちらりと見る。一瞬目が合ったけれども、直《す》ぐに逸《そ》らされる。

伊緒はスマートフォンに高速で文字を打っている。

やがてその文章が俺の所に届く。

『私だって色々とあんたと眞耶に聞きたいことはあるけれども、それだって全部、眞耶が本調子に戻ってからにしてあげるから』

というラインと共に、こちらを煽《あお》るようなスタンプが届く。

そのスタンプと同じくらい伊緒が元気かというと、そうは見えない。

＊

授業中にラインを受信する。

眞耶からかと思ったら、凪夏《なぎか》からだった。

『テニス部の練習の日程が固まったから、荒川自然動物園には今週の土曜日に行けるよ』

俺はそのラインの画面をぼんやりと見つめていた。

これでいいんだろうか、と俺は思った。

これでいいんだろうか、ってなんのことだろうか？

俺は色んなことを曖昧《あいまい》にしたままに突き進もうとしているのだろうか。材料が完全に揃わない状態で結論を出そうとしているのだろうか。

わからない。ともかく俺だけの事情で決まる話じゃない。俺は凪夏《なぎか》に返信を送る。

『オッケー、行こう。ミニブタに餌《えさ》をやるのが楽しみだ』

＊

眞耶《まや》のラインに既読はつく。でも返信は来ない。

火曜日も水曜日も木曜日も……結局、一週間来ない。追い打ちのラインはなんとなく送れない。

インフルエンザが長引いているらしく、眞耶はその間、学校にも来ない。伝染《うつ》すと駄目《だめ》だと言われて、その間に真辺《まなべ》家で夕食を取ることもない。だから眞耶どころか伊緒《いお》とも話さない。

その間、俺はあやねえと夕食を取る。

これまでなら、あやねえと夕食を取ることになれば、毎回色めき立っていた所だが、今はなんとなく日常的な感覚だ。あやねえと夜遅くまでネットテレビを見たりもするけれども、もちろんそれは嬉《うれ》しいことだけれども、強いときめきまでは感じない。

金曜日の夜に通話が来る。

眞耶からかと思って取ったら、流南《るな》だった。

「暇なんですよ」と、間延びした声で流南が言った。

「彼氏とでも話せよ」

「なんかあの人、最近本気で私のことが好きみたいで、面倒くさいんです」と、流南が気ままに言った。「それより幹隆《みきたか》さん、スプラトゥーン持ってます？　やりません？」

「持ってないな」

「じゃあネットで今買いましょう。やらなきゃ損ですよ」

「俺、明日の朝早くから用事があるから、そろそろ寝なきゃいけないんだよ」

「ふーん」

明日の待ち合わせは、現地に九時半。なんと動物園の開園時間だ。

早めに行かないとゾウやキリンといった人気の動物が見られなくなってしまうからと凪夏は言っていたが、それにしたって意気盛んではある。

もちろん高校の一限目はそれよりも早い時間に始まるし、凪夏はその上にテニス部の朝練にまで参加しているので、相対的に言えば、特別に早い時間というわけではないのだけど。

「つまんないですね」

と流南が拗《す》ねた猫のように言う。

時計を見ると、夜十時だ。少しならいいかと思ったので俺は言う。

「ちょっと話すくらいならいいよ」

それから俺たちはしばらく話した。

流南《るな》の中学の友達関係の話とか、俺の高校にいる面白い教師の話とか、ユーチューバーの話とか、取り留めのない話だ。

結局のところ、俺たちは二時間くらい話している。

そんな話の中で、ふと流南が言う。

「いいんですか、こんなに長く話してて。明日の朝、用事があるんですよね」

「そうだった」

真夜中の電話って無駄に長引くことがあって危険なのだ。まさか今日がその日だとは。

「まあ私からしたら、まだまだこれからって時間ですけど」

「流南も早く寝なよ」

「はいはい。にしても、今日の幹隆《みきたか》さんはやけに話のノリが良かったですね」

「かもしれない」何回か、恥ずかしいくらいの馬鹿笑いをした記憶がある。

「もしかして、なにか目を逸《そ》らしたいものに直面しているんですか？」

一瞬、芯を衝《つ》かれたような気分になったけれども、流南は全く別のことを言い始めた。

「例えば明日の朝、学校の罰掃除に行かなきゃいけないとか……」

特にボケているつもりはないらしい。単に中学生っぽいのだ。

流南を見ていると、大人と子供って０と１みたいに二つに分けられるものではなくて、実のところ淡く混ざり合っていて、俺たちはその過渡期にいるんだと時々思わされる。流南は俺よりも大人っぽい所がある一方で、やけに無邪気で子供っぽい所もあるからだ。

まあ、中高生における一歳差って大人たちの一歳差よりも明らかに大きい気はするので、にしては流南は大人らしい経験を積んでいそうな方だとは思うけれども。

「翌朝に憂鬱《ゆううつ》なことがあると、夜ふかししちゃいますよねー」と流南が平和に言う。

「気のせいだよ。別に嫌な用事とかじゃないし」

「そうですか？　おやすみなさい」

おやすみと言う。凪夏《なぎか》とのデートが憂鬱なはずがないので、流南の推測は完全に間違いだろう。

ラインの通話を切ると「通話時間」が表示される。やけに長い通話時間を見つめながら俺は思う。

本当に、流南の言ったことは間違いなんだろうか？

凪夏と遊びに行くこと自体は、間違いなく楽しみなことのはずだ。凪夏は可愛《かわい》いし、好感を持てる女の子だし、動物園そのものにも興味がある。

なのに何故だか、流南に憂鬱、と言われた瞬間に、核心を衝かれたような気がしたのだ。

デートそのものではなく、デートを取り巻いている何かを、もしかすると俺は憂鬱《ゆううつ》に感じているのだろうか？

ともかく寝る。

でも中々寝付けない。何度か寝返りを打ってみたって、怪我《けが》をしたバッタが、無駄にもがいているみたいにみじめな気分になる。

寝付けない時は一度ベッドを離れてみるというのは、やはり俺の中での鉄則なので、何度かトイレに行ってみて、便座にぼんやりと座って暗闇に目をやり、気分がトイレの中の空気と同じくらいにひんやりとしていくのを待つ。それを二回繰り返す。

ようやく夢の断片が意識を喰《く》い散らしにくる。じれったいほどに少しずつ意識が失われていく。

完全に眠れたのはいつだっただろうか。時計を見ていないのでわからないけれども、少なくともベッドに入ってから二時間は経《た》っていた気がする。

7 愛してるって言葉の意味

……？

目が覚めて、俺はしばらく布団の上で呆然《ぼうぜん》としている。

時間の感覚が変だ。

昨晩は寝たのが遅かったし、寝付きも悪かったから、朝はけたたましいアラームの音で起こされることになるのだと思っていた。

でもやけにぐっすりと眠れている。にもかかわらず俺はアラームを聞いた覚えがない。短時間でぐっすりと眠れるといった、電車の中吊り広告に書いてあるような怪しい技巧を身に着けているわけでももちろんない。

つまりは単純に長く眠ったのだ。

嫌な予感がする。

携帯電話を見る。画面に表示された時刻が中々頭に入ってこない。

九時三十一分。

凪夏《なぎか》との待ち合わせ時間を一分も過ぎている。

なんでだよ？

自分が悪いはずなのに、見当外れな怒りが湧いてくる。

アラームは設定したはずだよな。

ホーム画面には、時計マークのアイコンが表示されている。アラームが設定されている証拠である。

だが、アラームの詳細を見てみると、間違えて午前じゃなくて午後の七時半に設定していた。そりゃ鳴らないわけだ。

九時三十三分。

今も凪夏は荒川自然動物園の前で待っているはずだ。なのに俺は今目が覚めたばかりで、まだ頭がぼんやりしている。

どうしようかと思った、その時だった。

携帯の画面が、ラインの通話の着信を告げるものに変わった。

表示された名前は『Nagika』……当然ながら凪夏だ。

本能的に、めちゃくちゃこの電話を取りたくないと思う。取らずに済ませられればどれだけ楽だろうかと思う。

しかし電話に出ないわけにもいかない。頭の中で言い訳を百個くらい考えてから、結局は全て忘れて、台風の日に家の外に全裸で出ていくような気持ちで、思い切って通話ボタンを押す。

数秒ほど回線が混雑する時間があってから、凪夏が言う。

『あ、もしもし、幹隆《みきたか》くん？　今どこかな？　良かったら先にチケットを買っておこうかなって思ったんだけど――』

俺はその通話に耐えられずに、彼女の発言を遮《さえぎ》るように言った。

「ごめんなさい、寝坊しました」

電話口でしっかりと頭を下げながら。


荒川自然動物園は俺の家から電車で三十分、それに加えて駅から徒歩で十分くらいの位置にある。走れば五分だ。

青々とした葉っぱの茂った桜並木を、スマートフォンの地図を片手に走ると、動物園の入り口である、石造りの門にたどり着いた。

十時二十三分。

一時間近くの、めちゃくちゃな遅刻だった。

凪夏は門の前で腕組みをして、憮然《ぶぜん》とした表情で突っ立っていた。俺が「おはよう、ごめん」と言ってみたって、眉《まゆ》をぴくりとも動かさない。

そういえば前のデートもこんな感じで始まったような……という連想は呑気《のんき》すぎる。

今日の凪夏《なぎか》は、くるりとしたショートヘアに、カラフルなスカーフを複雑に巻いていて、髪型に凝《こ》っていてお洒落《しゃれ》だった。動物園に行くからか服装はシンプルにまとめていて、ブランドロゴの入った半袖のシャツに、ショート丈のサロペットを着ていて、ワンポイントとしてエキゾチックなブレスレットを付けている。ブレスレットが光り物じゃないのは、動物が光を怖がるからかもしれない。

ヘアアレンジといい、ブレスレットといい、今日のためにお洒落をしてきてくれたのかもしれない……という嬉《うれ》しさは半分くらい申し訳なさに変わる。

凪夏は棘《とげ》のある声で言った。

「あのね、私が何よりも許せない人って、時間にルーズな人なの。幹隆《みきたか》くんが軽率に遅刻をしたことによって、私はここで一時間、無駄な時間を過ごさなきゃいけなくなったの。そもそもなんで遅刻ってするの？　一時間寝坊したっていうことは、一時間早く眠っていたら、時間通りに来れたっていうことだよね？　だったらさ、その私を怒らせてまで確保した一時間を、幹隆くんは一体どんな貴重なことに使っていたのかな？　使えないよね。寝坊するくらいなら、早く寝ればいいじゃん。大体、待ち合わせにギリギリで来る必要もなくない？　最低でも五分前に必ず行くようにしたらさ、不測の事態があっても遅刻はしないんだし――」

俺は目を伏せ、しばらく凪夏の説教を聞いていた。本当に万事が万事、彼女の言う通りだと思いながら。

俺は改めて言った。

「ごめん。完全に言い訳なんだけど、早く寝ようとはしたんだよ。〇時にはベッドにいて、でもなんか眠れなくて、二時間近く寝返りを打ってて……」

「そうなの？　大丈夫？」

凪夏はさっきまで全力で怒っていた割に、意外と本気で心配してくれる。俺が普段は時間を守る方で、学校にも遅刻したこともないことを知っているからだろうか。

「不眠症……的な？」凪夏が聞く。

「いや、違って……」

凪夏が本気で心配してくれたからだろうか、なんとなくこういうことを言ってしまう。

「こういうの、ちょっと子供っぽいかもしれないと思うんだけど……」

「何？」

「ドキドキしたのかも。今日、ちょっと楽しみ過ぎて……あはは」

「……遠足の前は上手く眠れない的な？」

「…………かも」

「何それ、すっげー言い訳だし。ちょっと可愛《かわい》いじゃん」

「ごめんごめん」

「ははは、調子乗んないでよ、怒りの方がまだ大きいから」

とか言いながらも、凪夏《なぎか》の機嫌はすこしだけ良くなったようにも見える。さっきよりも表情がやや柔らかくなった気がする。

……眠れなかった理由については半分くらい嘘《うそ》なのだが、ついこの場を乗り切りたくて言ってしまった。

「ほんと、次やったら許さないからね。今日は全部幹隆《みきたか》くんの奢《おご》りだから」

「わかった」

「てか『奢らせて下さい』でしょ～」

と言って、凪夏は朝の芝生のように明るく笑ってくれた。

本当にごめんなさい。

最悪のスタートだったが、その日のデートはある程度平常通りに進んでいった。

キリンとゾウの混雑した檻《おり》の前で、凪夏に「あーあ、朝一に来たらきっと見れてたのになー」とチクリと言われて良心が痛んだくらいだった。

動物園はデート先としてよく出来ている。歩くたびに新しい動物と出会えるし、ライオンの手と自分の手の大きさを比べられるアトラクションがあったりする。

『ゴリラの学名は「ゴリラゴリラゴリラ」です』とか『ゾウは器用で、鼻先で針を摑《つか》むことができます』みたいな面白い雑学があったりする。

凪夏は本当に動物が好きみたいで、フラミンゴを見つけて、面白そうに俺の腕を引っ張っていったり、テナガザルが面白い鳴き声をあげたのを聞いて、笑いながらそれを真似て「幹隆くんも真似てみてよ」「えー」「遅刻の罰だよ」「フホッ、フホッ、フホッ、アアアァアァアァァ〜〜〜」「あははは」ってやったり、思わず柵から身を乗り出したりする。眩《まぶ》しいくらいの笑顔とはこのことを言うんだろう、と思うほどの笑みを見せてくれる。

新設のふれあいコーナーにも行く。

真新しい土手に囲まれた、岩石によって自然環境を模された空間にカピバラがいる。既に人間が攻撃的な生き物ではないことを学習しているのだろうか、俺たちが近づいても警戒する様子はなく、のんびりとしていた。好物の笹をあげると、のっそりと口を動かして、唾液《だえき》の音を立ててむしゃむしゃと食べた。実に朴訥《ぼくとつ》とした生き物だ。

マーラとミニブタにも会う。

マーラはカピバラより体が小さい分、小動物的な印象が強くて、餌《えさ》である草をちらつかせると、それだけでせかせかと忙しなくこちらにやってくるし、びっくりするほどにがっついて餌を食べる。

でも必死さではミニブタには敵《かな》わない。ミニブタにキャベツをあげると、これは俺のものであり、絶対に返さないといった様子で食べ始める。のどかな動物園にいて、こいつだけは野生の記憶を忘れていないみたいだ。

「ね、面白いでしょ」と凪夏《なぎか》が言う。

餌《えさ》をやり終えると、動物園にあるフードコートで、安くてしょっぱいラーメンを食べる。時間がないのでさっさと済ませて、残りの時間に動物を見る。

動物園は広く、また凪夏の一つ一つの展示にかける時間が長かったので、結局のところ最後は駆け足になってしまった。

十六時半に、俺たちは動物園を出る。

動物園は閉園時間が早い。それはデートプランを立てる時に初めて知ったことだ。動物を世話する都合とか、職員さんの働く時間の都合とか、色んな理由があるんだろう。

この後のデートプランも事前に考えていた。動物園のそばにある、グーグルの口コミでそれなりに評判のいいカフェに行くのだ。

俺たちはカフェのテラス席で、動物園の感想をシェアし合って、凪夏がお土産で買ったテナガザルの音が出るぬいぐるみを鳴らして笑い合ったりした。

雑談の中で凪夏が言った。

「智絵美《ちえみ》ちゃん、直也《なおや》くんと付き合い始めたんだって」

へえ、と俺は言う。水越《みずこし》の恋はまたしても玉砕か。まあ俺は智絵美ちゃんを面倒くさそうな女の子くらいにしか思っていなかったので、彼の恋が実らなかったことに関してはなんとも思わないけど。

その話の後、二人して何かを待っているような沈黙が訪れる。

何だろうこれ。前にもあったんだ、この沈黙。

とりあえず俺は聞く。

「凪夏の過去の恋愛ってどんな感じだったの？」

と聞いた理由は、五月にあやねえから「男女の距離を縮めようと思ったら、まずは恋愛観についで聞くことだよ」というアドバイスをされたのを不意に思い出したのと、また凪夏の交際経験については単純に気になっていたからだ。

「うーん、おおむねないかなあ」

おおむねと言うことは、多少はあったということだ。それがどういう形のものなのかはわからないけれども。

詳細について邪推をされたくないと思ったのか、あるいはちょっと考える間が空いただけで、最初から話そうと思っていたのか、凪夏は話し始めた。

「中学二年生の時に、男子テニス部の男の子に告白されて付き合い始めて……まあ結局は上手くいかなくて……付き合ったって言ってもいいのかな？　恋人っぽいことは特に何もなくて、そんな感じ。幹隆《みきたか》くんは？」

話してくれた割には、はっきりとしたことは何もわからなかったけれども、本当に凪夏の実感としてそんな感じだったのかもしれない。俺は答える。

「俺、中学は男子校だったから、全然女の子との関わりがなかったんだよね。だから、女の子と付き合ったことは一度もないな」

「うん」

「そっか。なんか意外だね、ありそうなのに……あ、これは他意なしの『ありそう』ね」

「お互い、恋愛経験がないってことかー」

「そうなるね」

「愛だとか恋だとか、よくわかんないよね」凪夏《なぎか》は奥にある別の席に視線を向ける。なんとなく見た感じだったけれども、ちょうど視線の方向にカップルがいる。「中学生の時も……正直よくわからなかったんだ。『愛してる』って言葉の意味が。『怒ってる』ならわかる。『楽しんでる』もわかる。『悲しんでる』も。それは怒る気持ちも楽しむ気持ちも悲しむ気持ちも自分の中にあるから。……でも『愛してる』は、その時の自分の中にはなかったし、当時の彼と一緒に、見つけに行けるような気もしなかったんだよね。こんなこと言ったら、その時の彼に悪いかもしれないんだけどさ」

「まあ、悪くはないんじゃないかな」

と俺が言ったのは、最近よく彼氏が居ながらにして、何の悪気もなさそうに浮気をちらつかせたり、煙《けむ》たがったりする従妹《いとこ》と話しているからなのだけど。

「ううん、全然悪いよ」凪夏は殊《こと》の外《ほか》はっきりと言う。「だって付き合った時点で、私の方もそういう感情を、能動的に見つけに行くことを呑《の》み込むべきじゃない？」

「まあ……だとしても、中学生なんだしさ」

と言って、なぜか俺が凪夏をかばっている形になっている。流南《るな》をかばっているのかもしれないが。

凪夏はカフェの椅子に深く座り直してから言った。

「まーね。ともかく次は、そういうことはないようにしようと思ったの。次は愛だとか恋だとかを、探しに行けそうな人と付き合う。探しに行った結果それがなかったり、見当違いな方に向かうこともあるかもしれないけれど。でも私の中で、ちゃんと『この人と付き合うんだ』ってことが筋道立って説明できる人と付き合う……という言い方はなんか格式ばってるかもしれないけれども、要するに胸を張って付き合う。心の底から付き合いたくて付き合っているんだ、って言える人と付き合う。そう決めたの」

そうなんだ、と俺は言う。凪夏は俺よりもしっかりと恋愛というものに向き合っているような気がして、ちょっと彼女のことが遠く見える。

わずかな沈黙が訪れる。さっき俺と凪夏の間に流れたばかりの沈黙。バッティングセンターの時にもあった沈黙。男友達と話している時には、決して訪れない沈黙。

その沈黙を打ち破るようにして、凪夏はやけに明るい声で言った。

「うん、めんどくさいな。こういう空気の読み合いみたいなの」

凪夏《なぎか》は目に光を宿しながら、

「付き合おうよ、幹隆《みきたか》くん」

と言った。頬《ほお》に爽《さわ》やかな微笑《びしょう》をたたえながら。

上手く答えられなくて、俺は「あ、え」といったきれぎれの言葉を発するので精一杯だ。

凪夏は続けた。

「確信はないよ。上手く行くかの保証もないよ。でも私は、君となら愛や恋を探しに行けそうな気がするし、仮に失敗したって悪くない人生の寄り道だと思っている。だって君といると、なんだか心が弾むし、時々君のことを夜中に思い出したりする。それは確かだから」

凪夏は真っ直《す》ぐに俺を見ている。自分の感情を取りこぼしなく俺に伝えようとしているのか、あるいは俺の反応を何一つ見逃さないようにしているのか、その二つに含めることができない、もっと複雑で無意識的な心の動きがあるみたいな、そんな見方だった。

「要するにこういった複雑な気持ちを、世間の人たちはこう名付けているんだよ。『私は君のことが好きです』……どうだろう？」

そこまで言って、ようやく凪夏は目を逸《そ》らした。彼女の視線の先には、下町といった趣のなんでもない風景がある。西日が町を照らしていて、誰かが通り過ぎていく。人々の雑踏が聞こえてくる。

凪夏《なぎか》はふたたび俺の方を見る。さっきほど熱烈ではないけれども、しっかりとした見方で。

「どう？　私は自分の気持ちを伝えたんだけど」

「あ……えっと」

どう答えようか。

凪夏に告白をされた驚きで、頭が混乱している。

もしかするとずっと前から、たぶんあやねえに大沼《おの》で凪夏の話をした時くらいから、俺の頭は慢性的な混乱に陥っていて、最後の一押しとして、凪夏の告白があったのかもしれない。そう思うくらいに五里霧中だった。

凪夏に告白されたこと自体は、嬉《うれ》しいことのはずなのだ。

そして、少なくとも一か月前だったら、俺は二つ返事でＯＫしていたはずなのだ。

俺がしばらく黙り込んでしまって、「うん」だとか「わかった」だとか、そういった間を持たせるための相槌《あいづち》すらも口にしないことにやきもきとしたのか、凪夏は会話というよりも独り言に似た、唐突な印象のあるタイミングでこう言った。

「……返事の保留みたいなのは、なるべくなしね。そういうはっきりしない状態って、あんまり好きじゃないから」

凪夏は俺から言葉を引き出そうとする。

にもかかわらず俺は、何を言えばいいかがわからないし、自分の気持ちがわからない。

　じっと自分の指の辺りを眺めていると、凪夏が言う。

「じゃあ幹隆《みきたか》くんは今、付き合ってる人いるの？」

「……いないよ」

「気になってる人は？」

「……凪夏」

「じゃあ私以外で」

「いないよ」

「真辺《まなべ》眞耶《まや》さんとは何もないって、前に言ってたもんね」

　と、凪夏は勝手に納得する。

　そこに関しては何もなくはないのだけれども、前に話した時は本当に何もなかったわけだし、そこを今蒸し返してしまうと、色々と不都合なことが起きるような気がしたので、俺は口を挟《はさ》まなかった。

　凪夏はカフェの椅子に、やや斜めに座り直すと言った。

「じゃあ……いいじゃん」

　ふざけるような声色《こわいろ》で言った。でも凪夏の思惑ほどには、その言葉はそんなに楽しげには聞こえてこない気がした。わずかな切なささえも帯びている気がした。

　むしろふざけた分だけ切実に聞こえてきた気がして、俺はその言葉の後にある空白のようなものを早く消したくて言った。

「じゃあ…………」

その後に続けた言葉は、たぶん俺自身あんまり考えが回っていなくて、

「俺も凪夏《なぎか》と付き合いたい――」

口にした言葉の音量がどんどん小さくなって、「たい」の辺りはほとんど発声できていなかったかもしれない。

凪夏もそれが気になったのか、訝《いぶか》しげに言った。

「いや……」

「――けど、みたいなのが続きそうな言い方だけど」

「私、はっきりしない状態って嫌いだから、あんまり含みを持たせられると困るんだよね」

凪夏に告白された動揺もあり、あんまり打算的に物事が考えられる状況じゃなくて、俺は結局のところ思ったままのことを言った。

「いや、なんだか俺、そんなにリアルには考えられてなくて」

「ふうん？」

「本当なら、もう一回くらいデートしてから、そういうことは決めようかなと思っていて」

「つまり、そうでないと見極められないものがある？」

「…………」

「私に対して、なんらかの不安なことがある？」

「いや、凪夏に対しては何もないんだけど」

「じゃあ、何に対して？」

という質問に対する俺の答えは、十五パーセントくらいの本心で、だから広義の嘘《うそ》ではなくて、
けれども、より事実に近い八十パーセントくらいの本心を、無視した上で口にしたのは確かだったから、
やっぱり、嘘だったのかもしれない。

「俺さ、男子校出身っていうコンプレックスがあるじゃん。だから、なんかこう……本当にいいのかな。こんな俺が、愛だとか恋だとかいうステップを、間違えずに踏めるのかな。凪夏はとても素敵な女の子だから、尚更自分が上手くできるのか……」

「だから、断る？」

「いや、断らなくて」

「受理する？」

「…………」

「失敗するかもね」と凪夏は笑った。「でもそれも含めて、私は君に告白したわけだから」

ふと空を見上げる。

夕焼けが広がっている。夏が近いからかまだ日は高く、太陽は新品のようにぎらぎらと輝き、薄いベールのような雲を自分と同じオレンジ色に染めている。陽光は町のあらゆるものを影に包み、人々や建物はそれに呑《の》み込まれて灰色に染まる。

凪夏《なぎか》を見る。彼女の横顔は西日の赤い光に照らされていて、同時にぼんやりとした青い影が出来ている。どこか物憂げな表情だ。それを見ながら俺は言う。

「よろしくお願いします」

結局のところ、俺はそう口にした。凪夏は俺を見ずに答えた。

「何をお願いするの？」

「恋人として、お願いします」

凪夏は少し考えてから言った。

「……私、そんな感じで『妥協』みたいな感じで付き合われると嫌なんだけど、ちゃんと言葉にして欲しいな」

俺は平常の自分の声色《こわいろ》を思い出して、なるべくそれに近い言い方で言う。

「凪夏のことが好きだ」

「主語を付けて欲しいな」

「……俺は凪夏のことが好きだ」

「牧《まき》野《の》幹隆《みきたか》は、って言って欲しいな」

「牧野幹隆は御武《みたけ》凪夏のことが好きだ」

そこまで言ったところで、凪夏は弾けるような笑顔を見せた。

「やったっ！」

世界中のあらゆる憂鬱《ゆううつ》を消し去るような笑顔だ。それを西日がささやかに照らし、彼女の穏やかで優しい印象を引き立てた。

「じゃあ私たち、彼氏と彼女だね。これからよろしくね」

俺はその美しさに少し呑まれながら言う。

「よろしく、凪夏」

*

帰り道。

東京メトロの電車に乗る。

普通の座席が空いていなかったので、仕方なく優先席に座る。

色んな想念がぐるぐると頭を回っている。

電車が発進し、ぼんやりと揺れるつり革を眺めながら俺は思う。

あれ……？　なんか間違えた……⁇

何を、とは言わない。でもどこかで自分が大きな間違いを犯したような。人を刺した記憶はないのに、両手がどろりと血で染まっているかのような。

部分的に見れば、そんなに大きな間違いを犯していないような気はする。でも全体的に見た時に、なにか言い逃れのできない矛盾のようなものが発生しているような感覚もある。

ガタンゴトン、ガタンゴトン。

電車の揺れる音がやけに遠くから聞こえる。

頭の中に、過去に俺にかけられた様々な言葉が浮かぶ。

『「恋」ってなんだろうね？　私たちの言う「恋」ってさ、所詮はテレビとか漫画とかアニメとかで作られたイメージに過ぎないわけじゃん』

『男子の手って大きいよね』

『みっくんはさ、私のこと。いつかは絶対に、忘れないと駄目《だめ》だよ』

『あんたが片思いしている、四つ年上の大学二年生のお姉さんがどういう人なのかはわからないけど……でもそれ、絶対叶わないもの』

『幹隆《みきたか》くんって、自然と女の子との距離を詰めてくる所があるよね』

『人間なんてあんまり理解し合わない方がいいんです』

『別に難しく考えなくたっていいのよ。好きっていうのはね、選ぶっていうことなの。誰かと誰かが同時に好きだっていう状態で、どちらか片方を選んで恋愛という名の手続きを進めることを言うの』

『胸を張って付き合う。心の底から付き合いたくて付き合っているんだ、って言える人と付き合う』

『うちが願うよ、みっくんのあやねえへの恋心が成就すること』

『どこまで求められても愛され足りない、いつまでも自らの正常さを証明することができない、私はきっとそんな星の下に生まれているんです』

『誰かを愛したり愛されたりすることってね、世界を壊すことなんだよ』

もしかして、と俺は思う。

部分的な正しさを選んでいった先に、大きな過ちにたどり着くことはあるのだろうか。

間違っていたとして、それは何だろう。

どう正すことができるだろう？　あるいは何も起きなかったように見せることができるのだろうか？

＊

家に帰ってきてから、俺は流南《るな》に電話をかける。

夕食前という微妙な時間だったが、流南は問題なく電話に出てくれる。

「はい、なんですか？」やや眠そうな声色《こわいろ》で。

「相談なんだけど……」

「？　いいですよ」

俺は今日、クラスメイトとデートをしたことを流南に話す。流南は凪夏《なぎか》のことを知らないので、凪夏と親しくなったきっかけとか、どんな女の子なのかとかも含めて話す。

最終的に彼女から告白を受けたこと。俺がそれを受理して恋人同士になったことも話す。

「へえー、良かったじゃないですか。おめでとうございます」

流南は気がなさそうな声音ながらも、ちゃんと祝ってくれる。

そういえば、流南は俺に彼女が出来たことを、どう思っているのだろうか。一応、先週までは猫娘と麻薬王だった仲だ。……が、まあどう思っていたとしても態度には出さなそうだし、そもそも彼女自身に彼氏がいるので、あんまり俺に彼女がいるとかは気にしなさそうな気がする。俺への好感度がどうであれ。

「それで、のろけようと思ったんですか？」

「いや、実は……」俺はすこし躊躇《ためら》ってから言う。「……俺、他に好きな人がいるかもしれないんだよ」

すると電話口の流南は、あははははははは、と、ちょっと心配になってしまうくらいの大笑いをする。

「俄然《がぜん》、面白くなってきましたねー。ちょっと待ってて下さいよ」

と言って、流南は電話を切る。

よくわからないうちにしばらく待っていると、インターフォンをピンポーンと押され、ドアが開き、流南が登場する。

今日の彼女は黒い襟付きのブラウスを着ていて、腰の高い部分にベルトを留め、チェック柄のフリルの付いたミニスカートを穿《は》いている。首にレザーのチョーカーを巻き、右の太ももにガーターリングを付けて、装飾の多いブーツを履いている。全体的にはいつもの流南の格好という感じだ。

「話を聞いてたら、直接話したくなっちゃって。幹隆《みきたか》さん、色々おめでとうございます!!」

玄関口に立ったまま、クラッカーでも鳴らしそうなくらいの祝祭的な声で流南が言う。

「なんだか親近感湧きますね～。私もよく二股するからな～」

俺は一応、言葉を挟《はさ》んだ。

「いや……その、二股とかじゃなくて、もっと複雑な感じで……」

「当事者は皆、そう言うんですよ……あ、間違えた」流南はわざとらしい猫なで声を作って、

「えぇ～、そうなんだぁ～♪　詳しい話、聞かせてよぉ～♪」

「わざとやってるだろ、お前」

なぜだろう。流南《るな》が上機嫌になればなるほど、俺の憂鬱《ゆううつ》さが増していくような気がする。流南は目を細めて、無邪気な笑みと共に言った。

「仲良くしましょうね、クズ同士」

「え……やっぱりそういうことになるのかな……」

「だって、私たちの呼び方って『クズ』以外になんかありますか？」

「ちょっと……すまん」

俺はそう言って玄関のドアを開けて、流南の体を押して玄関の外に出して、そのままドアを閉めた。

「なんですかなんですかー。折角《せっかく》、来てあげたのに」

玄関のドアを小突きながら、部屋の外の流南が言う。

「なんか今、流南と話すと色々とおかしくなりそうな気がする」

俺はドア越しに流南に言う。上手く説明できないが、今の俺は良くない方に向かっている気がする。流南と話すと、一層その傾向が加速してしまうような……。

「幹隆《みきたか》さんはまだ受け止めきれていないだけです。己の本性を」

「ああ、あと……」ふと思い出して、玄関の外の流南に言う。「このシチュエーションで頼み事をするのもなんだけど、伊緒《いお》と眞耶《まや》には、彼女が出来たことまでは伝えると思うけど、あまり詳しいことは知らないから、黙っててくれよな」

「はいさーい」流南は景気よく言った。「実は、電話が来た時からピンと来てたんですよね、友達が私に秘密を明かしてくれる時って、大体こういう話で。むしろまともな相談はあんまりされなくて。なんでだろうなー」

　確かに。どうして流南なら話しても大丈夫だと思ったんだろう。こういう話を集めるような磁気でも出ているのだろうか。

　少なくともその磁気を感じた人が俺以外にもいるらしい。……って、俺は別にクズでもないし浮気者でもないし二股もしてないのだけど。

　ないよね、ないさ、ないない……とか考えていると、ドアの向こうの流南が言う。

「なんでもいいから部屋に上げて下さいよー」

「駄目《だめ》駄目。別のタイミングなら全然上げてあげるから」

「元はと言えば自分で私に電話したんじゃないですかー」

「まあ、そうだけど」

「じゃあ祝うだけです。幹隆さんに彼女が出来たのを祝うだけなので」

「本当か？」

「幹隆さん、彼女が出来ておめでとうございま——」

　という話をしていると——。

ふと、知っている人間の驚きの声が聞こえた。

「えっ、みっくんに彼女が出来たの!?」

隣の部屋に住んでいるあやねえが、たまたま俺と流南《るな》がドタバタ劇をやっている時に帰ってきたらしい。

うわあ、なんだこの状況。

「おめでとー。それと」ふとあやねえは、真面目《まじめ》な声色《こわいろ》を使って、「どうも、私は中堂《なかどう》絢音《あやね》と言います。幹隆《みきたか》くんの従姉《いとこ》で……えっと、あなたは幹隆くんのお友達ですか？」

「いや、私は……麻織《まおり》流南です」

そう言えば、あやねえと流南が会うのは四年ぶりだ。

あやねえは「ええ、流南ちゃん!?」と新鮮に驚いて、「ちょっとそれに関しても掘り下げたいところだけど」とその話題を置いてから、あやねえから見てドアの向こう側にいる俺に言った。

「前に話してた凪夏《なぎか》ちゃんだよね？」

「うん」

「繰り返しだけど、おめでとー!!　じゃあ、お祝いしなきゃね」

「あ、まあ、はは……」俺は曖昧《あいまい》に笑った。

「お祝いするなら、叔母《おば》さんちだよね」

「へっ!?　なんで??」

思わず大声を上げてしまった俺に対して、あやねえは、どうしてそんな声を上げるのかがわからないといった、平常の声色で言った。

「なんでって……そりゃあ伊緒《いお》ちゃんと眞耶《まや》ちゃんにも恋愛相談してたんだから、彼女が出来たことに対する報告義務はあるでしょ」

まあ、確かにその理論で言えば、凪夏と恋人になったお祝いパーティーを真辺《まなべ》家で開催するのは当たり前の話の流れだった。

なんとなく気詰まりだな……と思っていると、あやねえが言った。

「てか、ドア開けてよー。なんで流南ちゃんとこんな意味わかんない状態で雑談してんの？」

「いや、これには些末な事情があって……」

と言って、俺はドアを開けた。

そこにいたのは流南とあやねえ……と、
あれ。

二人分の声しか聞こえないから、てっきり二人しかいないのかと思っていた。

ところがもう一人いた。

あやねえの連れ合いらしく、その子はあやねえの後ろに立っていた。でも年齢は一回り離れていて、俺と同い年くらいだった。

一目には「知らない女の子」という感じだ。見ていると緊張してしまうような美しい女の子だ。顔貌《がんぼう》は精巧を極めた人形作品みたいで、やけに恥ずかしそうに俯いている。

目がぱっちりと大きくて、まつ毛が庇《ひさし》のように長い。唇は発色のいいさくらんぼ色だ。髪の毛はゆるくウェーブがかかっていて、柔らかそうな毛先がくるりと跳ねながら彼女の肩の上に調教した小鳥のように行儀よく乗っている。衣服はアーガイル柄のキャミソールに、涼し気なキャメル色のリネンジャケットを羽織っている。ボトムスはベージュのミニスカートで白い脚が見えている。靴はブーツだ。

俺はおずおずと声を出した。

「えっと……初めまして」

あやねえは笑って言った。

「違うよ、しっかり見なよ」

そんなことを言われても、じっくり見るのも恥ずかしいくらいに綺麗《きれい》な女の子だけど……。

って、もしかして。

「眞耶《まや》?」

と俺は思わず口に出した。

すると女の子は、子供の頃から見たことのある、親しみのある笑い方をして、

「そうやよ、みっくん」と言った。

声を出されて確信する。確かに眞耶《まや》だ。髪は切っているし、たぶん化粧もしているし、服装もかなりお洒落《しゃれ》になっているけれども、眞耶であることには変わりがない。

驚いて目をぱちくりさせていると、あやねえが胸を張って言った。

「可愛《かわい》いでしょ？　私がイメチェンしたの。ま、元がいいからこんなに上手くいった、っていうのもあるんだけど」

俺は呆気《あっけ》にとられていた。眞耶は元から可愛い方だと前から俺は思っていたけれども、にしても今の眞耶は、まるで背後から一ルクス分、光が多く射しているかのようだ。

「髪の毛ね、これオシャレなパーマっぽく見えるでしょ。でも地毛なの。美容師さんにね、眞耶ちゃんの髪の癖を残しながら切った方がいいって言われて、任せてみたらこうなったの。あとジャケットとスカートが同系色でセットアップっぽく見えるでしょ？　ほんと、コーデをしてあげるの楽しかったなー」

眞耶は照れ笑いを浮かべる。背後の光がさらに増えたような気がする。

なんとなく眞耶から目を逸《そ》らしてしまいながら俺は聞く。

「なんであやねえが眞耶のイメチェンしてんの？」

「実は先々週くらいからかな、眞耶ちゃんによく相談を受けててね」

そういえば、旅行の時もそんなことを言っていたな。

あやねえはなんでもない調子で言う。

「眞耶ちゃんね、好きな人がいるらしくてね。その人のために可愛くなりたいんだって」

その言葉を聞いた眞耶は「ひっ」と声を出して、紙風船が吹っ飛ぶみたいなステップで俺から距離を取ると、マンションの外廊下の手すりを掴《つか》んで空の方を向いた。

俺は先日の旅行の出発前の一幕を思い出す。

『相談って、眞耶があやねえに相談？』

『そう。実はねー』

ふと眞耶を見ると顔が紅潮している。耳まで真っ赤になりそうなくらいだ。

『…………？』

あやねえは首を捻《ひね》った。その反応はあやねえにとっても予想外だったらしい。

『内緒みたいだねー』

俺は咳払いをしてから言った。

「あのさ。それってもしかして、眞耶が内緒にして欲しがっていた奴じゃない？」

「え……みっくんだから言っても別に……」と言ってから、ふと先週の一幕を思い出したのか、あやねえは声を出した。「あっ」

タイミングよく冷たい風が吹いた。気の利いたコントのSEみたいに。

「あやねえって……ちょっと天然……??」

俺がそう言うと、あやねえはちょっと凹《へこ》んでから、パンと手を叩いて言った。

「ごめん！」

*

その日の夜、俺は眞耶《まや》にラインを送った。

イメチェンした姿が可愛《かわい》かったとか、そういう内容のラインだ。

眞耶からは『ありがとう』という返信が来る。

でもそのラインよりも前に送った、既読が付いたままスルーされていた過去のメッセージの返信は来ない。

俺は先週、キスに関するメッセージを送っていた。

直接的ではないけれども、たぶんそこからラインを二ラリーくらいすれば、自然と「どうしてキスをしたのか」という質問ができそうな、そんな間合いのメッセージを送信していた。でもそれには反応してくれない。

ラインを送った動機の半分は、単純に可愛いと思ったから、それを伝えたいと思ったからなのだけど、
もう半分はこのラインを切り口にして、過去のキスに関するラインの返信が来てくれないかという思惑もあった。

でもそっちの狙いは外れたみたいだ。

眞耶とのラインの画面を見つめながら、俺は思う。

もしかすると、もう理由なんて、聞かなくてもいいのかもしれない。

眞耶が俺にキスをしてくれた理由は、具体的にはわからない。

でもそれが、悪くない気持ちに端を発していたのは確かだと思う。あのキスが結果的に俺を助けてくれたのは事実だし、少なくともそう結論づけた時に、俺の中に違和感のようなものは発生しない。

眞耶には好きな人がいる。

もしもそれが俺以外の人だった場合には、あの日に俺にキスをしたということは、眞耶にとって不都合な記憶になる。単に出来心でやった行動に対して、不必要な意味づけをすることになるからだ。

もしも眞耶の好きな人が俺だった場合には――。

…………。

でも眞耶《まや》が何も言ってこない以上、俺が勝手に眞耶の気持ちを推測して、「眞耶は俺が好きだ！」と喚《わめ》き立てるのは、少なくとも理にかなったことではない。

人が考えられる物事の量には限界がある。だから俺はそろそろあの日のキスのことを、過去形にして『良い思い出』のアルバムに入れたい。

＊

翌日の日曜日。

『みっくん、彼女が出来ておめでとうパーティー』が、真辺《まなべ》家にて開かれた。

俺とあやねえと流南《るな》の三人が、夕食の時間に真辺家に集まる。ちなみに日和《ひより》も誘ったが、予定が合わなくて来られなかった。

部屋に入ると眞耶が声をかけてくる。

「みっくーん」

今日は昨日と同じスカートの上に、昨日と違うキャミソールを着ている。水色のネイルをしていて、眞耶がネイルをしているのはなんだか新鮮だなと思う。

「夕食、一緒に食べるの久しぶりやね」

「そう？」考えてみれば一週間ぶりだ。俺たちにしてみれば久しぶりかもしれない。「確かに。

そう言えばインフルエンザは大丈夫だった？」

「大変やったよ。うち、体弱いんかな。全然熱が引かなくて」

とか話している眞耶は、平常通りだ。というよりもイメチェンしてから、彼女は普段よりも明るくなっている気がする。

やはりあの日のキスのことは、もう記憶の櫃《ひつ》の中に封印してしまった方がいいのかもしれない。少なくとも眞耶はそれを話したがっていない気がする。じゃあ掘り返すこともない。

部屋の奥には伊緒《いお》がいて、ソファで横になってテレビを見ている。

「伊緒」

と声をかけてみる。

だが伊緒は憮然《ぶぜん》として「ああ、幹隆《みきたか》ね」と言うだけだった。

……？

なんだか態度が悪い。まあ態度が悪いのはいつもと同じだが、それに加えて今日の伊緒はいつもよりも無愛想だ。単に虫の居所が悪いだけかもしれないけれども。

夕食が始まる。

今日のメニューはサーモンとアボカドのカルパッチョ、鰤《ぶり》の刺身、豚肉とキャベツの炒めもの、エビを中心とした具だくさんパスタ、冷蔵庫には手作りプリン……と、相変わらず美味しそうなものが並んでいた。

「幹隆《みきたか》くん、彼女が出来たんだねー」

と料理を取り分けながら叔母《おば》さんが上機嫌に言った。

「ほんとに驚きですよねー」

とあやねえが言う。

普段の夕食であれば、伊緒《いお》が話を回している所だ。でも今日の伊緒は相変わらず言葉数が少ないので、代わりに叔母さんとあやねえが話の中心になっている。

ちなみに眞耶《まや》もそんなにしゃべらないが、これは普段と同じだし、表情を見る限りは自然な様子に見える。

流南《るな》が言う。

「ほんとにおめでたいですよねー。一番愛してる人と想いが一つになるなんて」

おいお前、俺にしかわからない皮肉を口にしただろ。

細かな違いはあるけれども、総括すれば、いつもの真辺《まなべ》家の夕食だった。

夕食を取り終わっても、伊緒の様子は変わらない。

なんだか変な感じだ。俺は先日のキスの後、こう思うことがあった。

『もしかすると俺は一生、眞耶とは恥ずかしくて目を合わせられないかもしれない。伊緒との関係はそれほど変わらないだろうけど』と。

ところが現状、逆になっている。眞耶とは前と同じように話していて、なんなら以前よりも打ち解けている感じがするのに、伊緒とのコミュニケーションだけは上手くいっていない。まるで双子であることを生かした、ミステリーの入れ替わりトリックでも披露されたみたいだ。

あやねえと並んで、ダイニングの奥にあるテレビを見ていると、叔母さんが言った。

「絢音《あやね》ちゃんも今日は泊まっていきなさいよ」

そう言えば、あやねえが前回来た時は泊まらなかった。

「なんだか合宿みたいで楽しそうですね。明日の朝は特に用事もないし、授業も昼からなのでいいですよ」

あやねえは二つ返事で快諾する。

ついにあやねえがお泊り会に参戦する。俺はなんとなく『大乱闘スマッシュブラザーズ』の『参戦』の画像を思い浮かべる。

俺と流南とあやねえは、伊緒と眞耶の部屋である二〇四号室に向かった。

最初は無口だった伊緒だが、ようやくここに来て、本当にようやく、少しずつ話すようになってくれた。泳ぎ方をすっかり忘れてから、海の中で徐々に思い出しているみたいだった。相変わらず俺の方は見てくれないけれども。

二〇四号室のソファに座って、あやねえが言う。

「折角《せっかく》だから、久々に遊ぶ？　中堂《なかどう》会みたいに」

「いいね」と俺は言う。

「じゃあ絢音《あやね》さん、レースゲームでもしますか？」と伊緒《いお》が言う。

「ゲームなんて久しぶりだから、是非やりたいな」

五人でレースゲームをやる。

一回でプレイできる人数は四人だったので、適当にかわりばんこでやる。

それなりに盛り上がる。眞耶《まや》はやっぱりゲームが上手くて、毎回一位になる。

流南《るな》はコースアウトして池に落ちては、「はいはい、所詮ゲームですから」と言って拗《す》ねたり、『サンダー』のような全員に嫌がらせのできるアイテムを取っては、一番全員に被害が出る頃合いを見計らって、けらけら笑いながら使ったりする。

あやねえは「ちょっとみっくん、赤甲羅で狙ってるでしょ。あ、ヤバい当たる当たる当たる」とか言って笑っている。

伊緒は皆に合わせているけれども、あまり楽しそうには見えない。分厚いガラス越しに見ているみたいに、なんとなく笑顔が遠い。

俺よりも下の順位になっても、負けず嫌いを発揮して暴《あば》れたりもしない。伊緒に勝つたびにちらりと彼女の方を見たりするけれども、『トムとジェリー』みたいな反発は来なくて、俺はすこしだけ寂しい気持ちになる。

お風呂が終わって、夜が来る。

百均《セリア》のハート形の電球を一つだけ点《つ》けて、俺たちは雑談に興じる。

あやねえは「こうやって一つの部屋で横になる感じ、まさに合宿だよね」と言って上機嫌だ。

彼女の口からは色んな雑談の話題が出てくる。

好きなネット番組や、最近食べた美味しいものや、東京で注目されている観光地の話をする。

あやねえの声を聞いていると、心が弾む。あやねえがただ居るだけで、幸せな気分になる。

あやねえが笑うと、心の中で音楽が鳴っているような気がする。

でも――と俺は思う。

先へ進もう。

この気持ちは今日を境に、胸に秘めよう。

今日、俺は凪夏《なぎか》の彼氏になった。これからは彼女の恋人として、彼女とデートに出かけたりするようになる。

現状では凪夏に対する想いよりも、あやねえへの想いの方が強いと思う。けど凪夏は魅力的な女の子だから、彼女への想いがあやねえへの恋心を上回ることもあると思う。実際にどうなるかはわからなくても、そんな打算くらいは抱かせてくれる女の子なんだ。

だから俺は間違ってない。きっと正しい道を選んでいる。

ふと、伊緒《いお》が言っていたことを思い出す。

『好きはね、気持ちじゃなくて、行動なの。だからもしもあんたがそのお姉さんのことを凪夏《なぎか》よりも好きだったとしても、恋愛という手続きを最初から最後までちゃんと遂行できるならば、その恋には正当性があるの。むしろ「好きだ好きだ」って気持ちを喚《わめ》き散らして、おみくじみたいに告白してくる奴らよりもよっぽど正しいの』


大丈夫だ。

時に迷ったり、混乱することはあっても、結果的には俺は行動している。

気持ちを抜きにして行動だけを見れば、俺はただ一本道を歩いているだけだ。

分岐のない隘路《あいろ》を散々迷ったふりをしながら歩いているような、そんな状態はこれからも続くかもしれないけれども。

でもいつかは、正しくて胸の張れる場所にたどり着く。

確信はないけれども、そんな気はするんだ。

「消すわよ」

話の区切りが訪れたらしく、伊緒がハート形の豆電球のスイッチに指を向ける。

彼女の指はほんの少しだけ震えている気がする。そう言えば伊緒は暗闇が苦手なのだ。前に泊まった時は忘れていたけれども、叔母《おば》さんに教えてもらったことがある。

「怖いなら、点《つ》けたままでもいいんだぜ」

と俺は言った。

伊緒に気を遣ったつもりだったのだけど、俺と伊緒の関係性のためか、やや意地悪な響きになった。俺も伊緒を気遣っている構図がヘンに思えて、ちょっとイントネーションを意地悪に変えてしまったかもしれない。

「馬鹿にしないでよ」

と伊緒が挑発的に言った。久しぶりに俺に対して、以前の伊緒と同じような反発を見せてくれた気がして、ちょっと安心した。

まあ、前回のお泊り会の時に、伊緒が眠れていなかったという覚えはない。

だから今回も大丈夫だろうと思って、俺はまどろみの中へと身をうずめた。

寝付きは比較的、良かった方だと思う。

夢を見て忘れて、意識を完全に失って、また夢を見て――。

それが起きたのは、俺が眠りに就いてしばらく経《た》った後、深夜の二時か三時頃だった。

何かが唇に当たる。

風だろうか？　いや、風にしては質量がある。

雨だろうか？　いや、しょっぱいから、雨というよりは海水のしぶきのような気がする。

だが俺は今、室内にいる。だから雨であろうが海の水であろうが唇に当たるのはおかしい。

段々と俺は夢うつつに、自分が真辺《まなべ》家にいることを思い出していく。覚醒と睡眠の淡い狭間《はざま》で、俺はその感触を覚えている。

どちらかというと気持ちが良くて、悪くない感触だった。しばらくその柔らかいものに、触れられるがままになっていた。

だがやがて、その水しぶきに似た感触が、意を決して俺の唇へと押し当てられて――。

俺が意識を完全に取り戻した時には、その匿名の誰かによるキスは終わっていた。

*

ぼんやりと目を開けて、二〇四号室の暗闇を見つめながら俺は思う。

四人の従姉妹《いとこ》のうちの誰かが、俺に口づけたのだ。

俺の頬《ほお》に涙の欠片《かけら》を残しながら。

8　事実

朝食を真辺家で食べる。
横目で従姉妹たちを眺める。でも大きく様子が変わっている従姉妹はいない。
あやねえも流南《るな》も伊緒《いお》も眞耶《まや》も、昨日とあまり変わらない。
あやねえは「いやー、昨日はすごくよく眠れましたよ。寝具は何を使っているんですか？」とか上機嫌に真辺の叔母《おば》さんに聞いているし、
流南は「朝食を自分で作らなくていいなんて最高ですね。毎日ここに来ようかなー」なんて調子のいいことを言っているし、
伊緒は相変わらず不機嫌そうだが、それは昨日と同じだし、テレビのニュースを見ながら「ええ、あの俳優が不倫？　本当に!?」なんて言って、眞耶も巻き込んで騒いでいるし、
眞耶はあんまり話さないけれども、これも普段と変わりのないことだし、伊緒に話を振られて自然と笑っている。
真辺家から自宅に戻り、茫洋《ぼうよう》とした気分で学校に行く支度をしながら、俺は思う。

本当にキスなんてあったのだろうか。

全部が全部、幻だったのではないだろうか。

従姉妹《いとこ》たちの振る舞いは平常通りで、俺が昨晩、キスの幻覚に捉《とら》えられただけだとすれば、全てのことに説明が付く。

でも頬《ほお》に落ちていた水滴のことを思い出す。あれは確かに涙だった。あのしょっぱい味の記憶が、俺にあのキスは現実に起きたことだという事実を鮮明に伝えた。

本心で言えば、俺が一番気になっていることは、キスそのものではなかった。それが思いの外激しかったことでも、俺の意識がないうちに済まされようとしていたことでもなかった。

キスをしていた誰かが泣いていたことだ。

本当に思い詰めなければ、涙なんてものは出ない。それを俺は先日、眞耶《まや》の胸の中で思い知った。

少なくとも当時の彼女を泣かせるようなものが、キスの実行者の胸の中には存在していたはずなんだ。

匿名のＳＯＳ信号を受け取ったような気分だ。俺はその発信者を特定して、適切な措置を取らなければならない。

キスをした犯人については、実のところ見当が付いていた。

俺にキスをしたのは——。

眞耶だ。

本当のことを言えば、キスをされた直後からそう思っていた。

証拠はない。でも従姉妹たち四人の中で、一番キスをする理由があるのは彼女だし、それにあやふやな記憶ながらも、感触が似ていた気がする。昨晩の唇は、自動販売機の前で知った眞耶の唇と、感触がほとんど同じだった。

俺たちは一週間前にキスをして、その原因を保留にしたまま今日を迎えている。だからあの日のキスの原因の残滓《ざんし》のようなものが、きっと昨晩の眞耶を動かしたのだと思う。

眞耶へのラインを立ち上げる、

その最中に、ふと土曜日の夜に、キスの原因について、もう眞耶には聞かなくてもいいと判断していたことを思い出す。

間違っていた。やっぱり、聞かないなんてのはなかったんだ。

通話をかけるが、眞耶は出てくれない。

真辺《まなべ》家に行く。すると眞耶は普段、かなり学校に行くのが遅い方なのだけど、今日は珍しく早めに出ていったと叔母《おば》さんに教えられる。

伊緒《いお》は俺の必死の形相に訝《いぶか》しげな視線を送るが、今は上手く説明できないので、取り合わないことにする。

走って駅に向かい、電車に乗り、また走って学校に向かう。

校舎に着く。

下駄箱を見ると眞耶《まや》の靴がある。急いで眞耶のいる一年ｄ組に向かう。

高校生にとって、自分のクラス以外の教室に入ることは、なんとなく恥ずかしいものだけれども、今日ばかりは何の躊躇《ためら》いもなくｄ組のドアを開ける。

すると眞耶が友達に囲まれている。

今までよりもたくさんの人たちが集まっている。どうやらあやねえによるイメチェンの反響があったらしい。俺が把握している眞耶の友達の他にも、カースト高めの女子や、男子すらも集まっている。

眞耶はｄ組の扉の所にいる俺を見ると、頬《ほお》を染めて目を背けた。

でも思い切って、俺は大きな声で話しかけた。

「眞耶」

一瞬だけ、クラスの皆が振り向く感じになった。

でも俺と眞耶は従兄妹《いとこ》だから、たぶん何かがあるんだろう、くらいの受け取り方になって、大きな騒ぎにはならなかった。

牧野《まきの》ー、眞耶ちゃん可愛《かわい》いんだったら教えてくれよー、みたいなd組の陽キャたちのキモい絡みもあったけれども、今はそれに応えているような余裕はなかった。

眞耶は覚悟を決めたようにうなずいて、おずおずと俺のいる方にやってくる。

俺は眞耶の手を引いて、なるべく人気《ひとけ》のない所に向かう。

＊

校舎裏に来る。

本当に人気のない場所だ。直《す》ぐそばには学校で使っているエアコンの室外機がまとめて置いてある。そのそばには車椅子マークの空の駐車場がある。東側に進めばテニスコートがあるが、一限で使われる予定はないみたいで、やはり誰もおらず、普段よりもひっそりとして見える。

早足で来たからか、俺も眞耶も少しだけ息が上がっている。でもバテているのは急いで来たのが理由の全てではないと思う。家を出た時から、ずっと胸がつっかえるような感覚がある。それが俺の呼吸を浅くしていて、上手く体に酸素が回らない。

眞耶の手首を握ったままであることを思い出し、慌《あわ》てて手を離す。

眞耶は俺が握っていた場所を、その感触の波紋が消えていくのをじっと待っているかのように、まじまじと眺めていた。

どう聞こうかと思う。

そういえば、眞耶《まや》にどう質問するかについては何も考えていなかった。ずっとキスのことを考えていたはずなのに、具体的には何も考えていなかったのだ。混乱を鎮めるので精一杯で、そこまで頭が回らなかったのだろう。

事が事だから、あまりはっきりとした言葉は使いたくない。けれども上手い表現なんて思いつかなくて、結局のところ俺はそのまま聞いた。

「なんでキスしたの？」

息が上がっていたのもあって、やや詰問するような響きになった気がする。だから俺は柔らかい言葉を使って言い直すことにした。

「ごめん……いきなり聞いちゃったかもしれない。でも、こういうことってはっきりさせないといけないと思ったから。やっぱり聞くことにしたんだ」

眞耶は黙り込んだ。

彼女のことは物心ついた時から知っているはずだけれども、今の彼女は俺の記憶とは少し違って見える。俯きがちなのは以前と同じだけれども、その目には前よりも強い意志の光のようなものが宿っている気がする。猫背なのは変わらなくても、背中の丸みが記憶よりも控えめに思える。そういえば制服のスカートも短い。イメチェンの一環で丈を調整したのだろうか。

眞耶はしばらく考えると、舌足らずな声で言った。

「聞きたい？」

「……うん」

「みっくんのことが好きやから」

眞耶は放課後に誰かの家に集まって、その日に返されたテストの点をこっそりと発表し合うみたいなさり気なさで言った。

言い方は自然でも、すっと胸の奥に投げ込まれたその言葉は、時を隔ててじんわりと熱く、俺の胸の中で広がっていった気がした。

温かなものが頭の天辺《てっぺん》から指の先まで伝っていく。のぼせたみたいに足元がふらついた。一体どんな顔をして眞耶を見ればいいのか、途端にわからなくなる。

たぶん赤面してしまっている俺を見て、眞耶は苦笑した。

「彼女がいる人に対して、本当はこんなことを言ったらあかんのやろな。でもうちは隠し事とかが苦手やから、あっさり白状する」

眞耶は一度目をつぶって、何度も確かめた自分の感情をふたたび確認するような間を置いてから、

「うん……うちはみっくんのことが好き」優しくドアをノックするような声音で言った。「それを知ることで、もしもみっくんの中で不都合なことがあるとしたら、これはうちの独り言やと思ってくれてもいいから」

俺はようやく眞耶《まや》の顔を見られる。すると眞耶は柔らかく微笑《ほほえ》んでいた。

告白の返事をしようと思う。でも、たった一言を口にするだけで精一杯だ。

「嬉《うれ》しいよ」

「そっか」

「うん……眞耶に告白をされて、きっと喜ばない人はいないと思うよ」

「だったらええな」

「その……いつから？」

俺は聞いた。すると眞耶は俺の肩の上の辺りに目を留めて、たぶん昔のことに思いを馳せてから口を開いた。

「ずっと前からかな」遠い目をしながら言った。「想いが強まるような出来事はあったけれども、本当の始まりは物心が付く前やと思う。だから、実際にいつからなんかは全然わからんよ。春が終わったらその次に夏が来るのが当たり前みたいに、そのことを知るのと同じくらいの時期に、きっとみっくんのことを好きになったんやと思う」

そう言うと、わずかな沈黙があった。

お互いに何を言っていいかがわからない時間だった。

特別に嫌な沈黙というわけではなかった。でも二人して手を伸ばし合って、それがあと一歩のところで届かないような、無声劇の中で叫んでいるような、凍った雪の上を転倒しないようにそっと内股で歩いているような、湿気《しけ》った花火に火を点《つ》けようとしているような、そんな、どこか歯がゆい沈黙だった。

　ふと眞耶が言った。

「言っちゃうと……ちょっと陳腐やな。『好き』っていうのは、使い古された言葉やな。本当はもっと、うちがみっくん相手にしか持ってない、特別な『好き』が一杯あるはずなのに、それがこうして二文字の言葉にしかならないことが、うちはちょっと切ないな」

　そして、崩れていくような苦笑を浮かべた。

　なにか眞耶を励ますようなことを言ってあげたいと思った。彼女を守ってあげたいと思った。今まで、従兄《いとこ》である俺はそういう時、直ちに行動に移していた。

　でも今の俺は彼女に対して、言える言葉を何も持っていなかった。

　そうだ、俺と眞耶は従兄妹《いとこ》だけれども従兄妹でしかない。彼女を守ってあげられる範囲には限界がある。今の俺は彼女に対して、救いようがないくらいに無力だ。

　あまり黙っていると、良くない連想をしてしまいそうな気がした。だから話を変えるくらいのつもりで俺は言った。

「それが、眞耶が俺にキスをしてくれた理由なんだ」

「うん」

「ごめん、キスをした時のことについて、もっと詳しく聞いてもいい？」

「え……？　うん」

やや意外なことを聞かれたという声の調子で眞耶《まや》は言った。

「俺は……その、キスをした時の記憶が曖昧《あいまい》だから聞くんだけど、あの時の眞耶は、ちょっと悲しそうじゃなかった……？」

泣いていた、とは直接口にしなかった。そんなことは指摘されたくないだろうと思ったからだ。

眞耶は、かもしれない——と認めて、

「でも、キスをした時から、なんとなくうちは前向きになれてる。なんかね。みっくんには悪いんだけど、ちょっと吹っ切れた感じがあって。幸せな気分で……」

「…………」

「こんなことを言ったら、みっくんは、俺の唇は給油スタンドじゃないぞ、って言うかもしれないけれど」

「あはは、言わないよ」

笑いながらも、俺はわずかな違和感を覚えている。

なんだろう、これは。

「すごくいいきっかけになったと思う」

「そうなんだ」

「みっくんにキスをするような女の子が、こんな服装じゃあかんって決心して、あやねえにも服を選んでもらって……」

「…………」

「眞耶なんかにキスをされた、ってみっくんが思ってたら嫌やなって思って、つい連絡は無視してしまったんやけど……」

「それは気にしなくていいよ」それはいい。それはいいのだけれども。

「そういう自分の自信のなさみたいなのもなくしたくて、あやねえにイメージチェンジを頼んだの。直《す》ぐには無理でも、段々と変わっていければなって」

　やっぱりだ。

　何かが食い違っている。

　眞耶の言っていることと、俺が認識していることにはズレがある。

　あやねえが眞耶をイメチェンしたのは土曜日で、眞耶がキスをしたのは昨晩だ。

　だから――、

「キスをしたのは、あやねえに服を選んでもらった後だろ?」

「へ?」

「え」

　やっぱりだ。

どこかがおかしい。

俺たち二人の前提は違っている。

「みっくん、何言っとんの？　キスは、あやねえに服を選んでもらう前やろ」

「いや、後だよ。ちゃんと覚えてる、あの時泣いてて……」

「泣いてたのはみっくんの方やろ？」

「は？　いや、眞耶《まや》の方だよ。確かに涙が付いてて……」

「ええ……泣いとらんよ、うちは」

「…………⁉」

「泣いてるように見えた？」

「いや、涙が付いて」

「あの自動販売機でのキスのことやろ」

そうか。

俺と眞耶は二回キスをしている。

眞耶が話しているのは、一回目のキスのことだ。

じゃあ、二回目のキスは？

「いや、お泊り会の……」

「お泊り会……⁉」

「そう、昨日……」

「昨日、みっくんは誰かにキスをされた……？」

「そうだけど……」


「何それ…………⁇　知らんよ…………⁇」


「え……⁇」

「てか、キスって何？」眞耶は慌《あわ》てたように言った。「みっくん、誰かにされたの？」

「……いや」

…………⁇

どういうことだろう。

眞耶は嘘《うそ》をついている？　いや、ここまで本心を明かしてくれておいて、昨日の夜のことだけ言わないというのもないだろう。そんなのは全く筋が通らない。

だから眞耶はずっと本当のことを言っているはずで、昨日のキスも実際に記憶がないのだ。

つまり、こうだ。

昨日、俺にキスをしたのは眞耶じゃない。

別の従姉妹《いとこ》が俺にしたのだ。

涙を流すほどの、強い思いを込めてしたのだ。

周囲に濃霧が立ち込めたような気持ちになる。指先から白いもやの中へと消え失せていくような、そんな分厚い霧だ。足元を見たって、自分が立っている場所がわからない。道が上っているのか下っているのかもわからない。いまや全ての手がかりは、白い水蒸気の中に放逐されてしまった。

わけがわからない。

眞耶《まや》以外の従姉妹が、俺にキスをするような予兆があっただろうか。

俺に思いを募らせているような兆しが。涙を流すほどに強い感情を向けるような先触れが。

思わぬ事実に頭がくらくらしていると、眞耶が言った。

「そのことはよくわからんけど……」

俺は、なんとか平常の会話に戻ろうとして「ああ、うん」と言った。

「その……大丈夫やった？」

「何が？」

「だって、キスをした時、みっくんは泣いてたやろ？　あんなふうに泣いてたみっくん、初めて見たから……」

「ああ、恥ずかしいところ見せたね」

「それはいいんやけど。その後、御武《みたけ》さんと付き合って」

「うん」

「みっくんのあやねえへの恋心は消えたかな、って」

その日、俺の犯した過ちは大きく分けて二つあった。

一つは、夜中にキスをしたのが眞耶であると一方的に誤認していたこと。

もう一つは、眞耶に告白されたことや、キスをしたのが眞耶ではないことに混乱して、周囲に人がいないかどうかの確認が疎《おろそ》かになっていたこと。

俺は言う。

「ああ、上手くできるかはわからないけれども、あやねえへの気持ちは、これから何とか消していけそうな気が――」

その時だった。

誰かの足音が聞こえた。

アスファルトを踏む音。

制服のローファーじゃない、テニスシューズの音。

　事実を理解する前に、『しまった』という感情が頭をよぎった。失策を犯したという実感が、そのまま俺の脳天を貫いた。流鏑馬《やぶさめ》の的《まと》が、被弾の名残を受けてぐらぐらと揺れるみたいに、不意に足元がおぼつかなくなる。俺はこの足音の持ち主が誰かを知っている。あえて言葉にしなくたって、無意識的にわかってしまっている。

　制服のポロシャツの上に薄手のパーカーを羽織った女の子が、俺と眞耶《まや》が話している校舎裏へとやってきた。早朝の練習のために流した汗が、まだ彼女の目尻の辺りに残っている。眼光は鋭く、俺と眞耶をはっきりと睨《にら》みつけている。額にかかった髪の毛をすっと耳にかけて、その女の子は言った。

「ねえ、何の話してんの？」

　御《み》武《たけ》凪《なぎ》夏《か》だ。

9 宣戦布告

遠くから、一限目の始まりを告げるチャイムが聞こえてきた。だが耳栓越しに聞いているみたいに、やけにくぐもった音に聞こえる。

そしてチャイムは実際に、校舎裏にいる俺たち三人に対しては、何の意味も持っていなかった。凪夏も眞耶も、チャイムをこれっぽっちも気に留める様子はなかった。特に凪夏に関しては、犬の遠吠えを聞いたかのように、わずかに眉《まゆ》を顰《ひそ》めてやり過ごしただけだった。

俺たちの目の前には、教室に戻って平和に授業を受けるよりも先に、解決しておかなければならない問題が山積みになっていた。誰が何を言わなくても、一限目をサボることは全員の同意になっていた。

俺は恐る恐る凪夏に聞いた

「どこから聞いてたの？」

「全部」

凪夏は端的に答えた。

「d組の友達にね、幹隆《みきたか》くんが真辺眞耶《まなべまや》さんの手を引いて、すごい勢いでどこかに走っていったっていう話をされたんだよね。従兄妹《いとこ》だから何かあるんだろうな、ってその子は言ってたけど、私はなんだかピンと来たんだよね。それで直《す》ぐに二人を捜したの。テニスコートの近くに、内緒話をするのに都合がいい場所があるのは知ってたから、一番最初に行ってみたらビンゴだよね。随分と楽しそうな話をしてるみたいじゃん」

皮肉っぽく凪夏《なぎか》は言った。俺が何も答えられないでいるのにも構わずに凪夏は続けた。

「ほら、やっぱ嘘《うそ》じゃん。私、真辺眞耶さんと関係あるかって、二回も話に出したじゃん。そしたらやっぱり、関係があるふうじゃん。一体何の話をしてたの？　キスがどうとかさ」

俺はなんとか声を振り絞った。

「なんで凪夏は、眞耶が関係あるって……」

「そんなの勘だよ。相手の打ったボレーが、コートの何処《どこ》に来るかと一緒」

凪夏は強い怒りを込めた声で言った。

「最悪だね。うん、君って最悪だよ。やっぱり幹隆くんは――」

「うちは関係ない」

眞耶がぴしゃりと口を挟《はさ》んだ。

凪夏にも負けないくらいに強い声音だった。普段は気の弱そうな眞耶が大声を出したのが意外だったのだろうか、凪夏は言いかけた言葉を呑《の》み込んだ。

「みっくんを誤解しないで。うちは小学生の時から知ってるけど、みっくんは簡単な気持ちで二股をかけられるような軽薄な男じゃない。うちはただみっくんに片思いをしていて、みっくんは勝手に好きになられただけ」

凪夏は目をぱちくりさせた。そして不機嫌そうに腕を組み、眞耶から目を逸《そ》らして空の方を眺めた。嘘っぽいほどの快晴だ。太陽の光が入道雲に灰色の影を作っている。

「ふーん……悪かったね、でもキスはしたんだよね。そしてキスというのは、ある程度の合意がないと成立しない行為だと思うんだけど、どうだろう？」

眞耶は黙り込んだ。ただ目を伏せながらも、わずかに凪夏の方を睨《にら》んでいた。その目つきには、そんなに簡単には物事は説明できないという抗議の念が込められているような気がした。

凪夏もそれを感じ取ったのだろうか。一時的に話を変えた。

「じゃあ、あやねえって言うのは？」

「……」俺は口をつぐんだ。

「恋心を消すとか、想いがどうとか、聞き捨てならないことを言っていた気がするけれど」

眞耶も凪夏から目を逸らした。そこに関しては反論できないということだろう。

あやねえの存在は俺たちにとってのアキレス腱のようなもので、そこを押さえられると何の弁明もできなくなってしまう。

俺たちの沈黙を無言の降伏のように感じたのだろうか。ふたたび俺の方を睨みつけると凪夏は言った。

「全部洗いざらい話してもらうね。私、キレてるから」

*

俺は中堂《なかどう》会という、中堂の血筋を引く者たちの集まりが、お盆と正月の年二回、小学生の時に行われていたことを話した。

言葉にしてみればありきたりな親戚の集まりだが、俺の祖父である中堂源一郎《げんいちろう》が、お金の意味でも性的な意味でも豪放磊落《ごうほうらいらく》だったがために、盛大な宴会として行われていたことを話した。

そこで四つ年上の、中堂絢音《あやね》という従姉《いとこ》と出会い、好きになったことを話した。

その思いは今も続いている。

「小学生の時の話だよね。なんで今も好きなの。何か具体的なきっかけがないと、想い続けられないと思うんだけど」

凪夏《なぎか》が言う。鋭い質問だった。

俺は眞耶《まや》の方をちらりと見る。この話は眞耶にもしたことがない。けど言うしかない。

俺は小学六年生の時に二週間だけ、あやねえが一人暮らしをしている家に通って、毎日勉強を見てもらっていたことを話した。

その最終日に、俺とあやねえは勝負をした。『テストで満点を取れたら、なんでも一つ言うことを聞いてあげる』と言われたのだ。

『キスをしたい』と俺は頼んだ。あやねえは最初、俺のことを窘《たしな》めようとしたが、結局は意地悪そうに笑って、その頼みを引き受け入れてくれた。

俺は奇跡を起こしてテストで満点を取り、あやねえとキスをし、それ以来、俺はあやねえのことが忘れられなくなった。

「………」

凪夏は黙り込んで、俺の話を聞いていた。

俺は早口になって、必死に弁明をした。

でも具体的に、あやねえとどうこうなりたいとまで思っていたわけじゃなかった。むしろ彼女のことを忘れようとさえ思っていたんだ。

四月に凪夏と出会って、隅田《すみだ》川を眺めながらラインを交換したあの日、俺はあやねえのことなんてほとんど考えていなかった。ようやく彼女の記憶を「思い出」のフォルダに入れて、新しい一歩を踏み出せるような気がしていた。

ところが五月の半ばになって、あやねえが同じマンションに住んでいることがわかった。それから俺はあやねえに、頻繁に夕食を作ってもらうようになった。

本来ならば俺は親元で暮らし、監護されるべき十五歳の少年だ。だから四つ年上の従姉が夕食を作ってくれるという厚意を無下《むげ》にすることができなかった……いや、綺麗《きれい》事を止《よ》すならば、内心では喜んでいた。

そんな時、あやねえだとは具体的に言わなかったけれども、『四つ年上の女性』に片思いをしているという事実を伊緒《いお》に話した。

すると伊緒は『そんな恋なんて絶対に叶わないから、能動的な努力として別の恋をした方がいい』というアドバイスをくれた。

俺は実際にその通りだと思ったから、ふたたび四月と同じ気持ちを取り戻して、凪夏《なぎか》との交際に臨もうと思った。

恋のアドバイザーは、あやねえ本人だ。事情を知らない伊緒がたまたま引き合わせたのだ。あやねえはそれに乗り気になり、デートの服選びやデートスポット選びに協力してくれた。

という話を聞くと、凪夏は無表情で言った。

「で……結局、私と絢音《あやね》さんのどっちが好きなの？」

俺は何も言えなかった。

嘘《うそ》でも「凪夏だ」と言ってみたかったけれども、そんな嘘は張子の虎のように、あっさりと見破られてしまって、ますます心証を悪くするだけだっただろうから、上手く声を上げられなくて、むしろ幸いだったのかもしれない。

凪夏は手の平を広げて俺の方に突き出すと言った。

「携帯貸して」

……??

何に使うつもりなのだろう。動揺してきれぎれの言葉を発していると、凪夏は続けた。

「早く。拒否権あると思ってんの？」

すごい剣幕だ。俺は言われるがままに携帯電話を凪夏の手の平の上に置いた。

でも凪夏はむすっとしたままだ。口にしないとわからないのか、というふうに言った。

「ロック解いて」

言われるがままにロックを解く。

そのまま凪夏はラインを開き『中堂《なかどう》綾音』と書かれたページに遷移した。

そして電話のアイコンをクリックした。

暫《しば》しの間、何をされているのかわからなかった。

俺は思わず声を上げた。

「ちょ、ちょっと待って」

「うるせーバカ」凪夏はシンプルな罵倒を口にする。

凪夏はスピーカーのボタンを押した。

プルルル、という呼び出し音が大きくなり、電話先の音が俺たち全員に聞こえるようになった。

繋《つな》がらないでくれと思ったが、通話はあやねえに繋がってしまう。

「もしもし、みっくん」

あやねえが言う。凪《なぎ》夏《か》は何も答えない。その声から、まだ見ぬ中堂《なかどう》綾音の姿を想像しているみたいだ。

「……どうしたの？　こんな時間に」

なんでもない様子で凪夏が答えた。

「初めまして、私は御武《みたけ》凪夏と言います」

「え？　凪夏ちゃん？」

「そうです。ご存じの通り、凪夏です」

「ど、どうも……」

「絢音《あやね》さんのことは幹隆《みきたか》くんから聞いています。色々とお話もお聞きしました。私と幹隆くんの恋路を陰ながらサポートしてくれたことも」

棘《とげ》のある言い方だ。あやねえは「あ、えっと……」と言って、まごまごするだけだった。

「でもね、それって嘘《うそ》なんですよ。幹隆くんが本当に好きなのは絢音さんです。彼は私を当て馬に使っていただけです」

途端に、通話口の向こうの音声が聞こえなくなる。

どこか唐突さを覚えるような沈黙だ。構わず凪夏が言った。

「絢音さんは四年前に、小学六年生の幹隆くんにキスをしたらしいですね。覚えてますか？　覚えてますよね？　忘れているわけがないですよね。キスまでしたんだったら」

　凪夏は続けた。

「そしてそのキスの時から、幹隆くんはあなたのことをずっと思い続けているそうです。あなたに手が届かなかったから、私で妥協しようと思っていたそうですよ」

　相変わらずあやねえは何も言わない。発信源のわからない物音が聞こえるくらいだ。

　その沈黙をせせら笑ってから、凪夏は言った。

「私はですね、そういう訳のわからない恋に付き合わされていたという事実に、少なからず苛《いら》立《だ》ちを感じています」

　凪夏は通話画面をじっと見つめた。やはり反応はない。

　相槌《あいづち》がないのならば好きなことを言ってやろうとでも思ったのか、凪夏は言った。

「人を真っ直《す》ぐ好きになれないからと言って、その欠落を他人に押し付けないでくれませんか。人を真っ直ぐに好きになれる人を僻《ひが》まないでくれませんか。私は幹隆くんのことが普通に好きで普通に恋をしたいんですけど、十五歳として当たり前の恋をしたいんですけど、なんで私の知らない所でそういう訳のわからないツイストが発生してるんですか。キレてもいいですか」

　と言う凪夏の声色《こわいろ》は、完全に既にキレているし、キレ尽くしているし、怒りの業火《ごうか》で山一つくらいなら燃やせそうなくらいだったけれども。

すっ、と、電話口で呼吸の音が聞こえた。それがあやねえの出した音の全てだった。

凪夏《なぎか》は構わずに続けた。

「中堂絢音《なかどうあやね》」はっきりと言った。「自覚があるはずですよね。黙り込むくらいには」

ツー、と音がして、通話が切れる。

あやねえが切ったのだ。

凪夏は銀色の板切れでも扱うみたいに、雑なやり方でスマートフォンを俺の手に投げた。

「大体何さ。キスされたから好きになっちゃったって。ガキかよ」

「いや……その……」俺は凪夏の怒髪天《どはってん》にひるんでいて、どうしていいかわからない。

「四年経《た》ってるんだよ。忘れろよ、そんなの」

それから凪夏は手の平を広げて、すっと振りかぶると、

空気が震える音と共に、俺の左頰《ほお》に向かって全力の平手打ちをした。

本気のビンタだ。頰から伝って脳天まで振動が響き渡り、伝った場所に痛みの余波を残していく。

思わず前のめりになる。叩かれた時に、歯が頰の内側に当たって血が出た気がする。けど、正確にはどうなっているかがわからないくらいに、脳が痛みだけで覆われている。

すると凪夏が右手で俺の首根っこを摑《つか》んだ。

追撃を食らうのだと思った。食らっても仕方がないほどのことをしたのだと俺は思った。だ

からなすがままになって、次の痛みに対応するための心の準備をした。

凪夏は俺の右首の辺りを左手で掴むと、

両手で俺の顔を自分の方にぐっと引き寄せて、

自分の唇と俺の唇をくっ付けた。

キ、ス、だ。

俺は思わず目をぱっちりと開けた。直《す》ぐ目の前に凪夏の整った顔貌《がんぼう》があった。凪夏は目をつぶっている。

痛みのあまり、何が起こっているのかが全くわからない。ともかく火の出るような痛みが右頬の辺りにまだ残っている。痛みは歯茎を通じて、体の奥の方へ伝っている。痛みの残った部位を凪夏の舌が、縦横無尽にかき回す。俺に刺激を与えているものが、さっきのビンタの痛みの残滓《ざんし》なのか、傷跡なのか、あるいは侵略者のような凪夏の舌なのか、てんでわからない。ともかく痛みとも気持ちよさとも言えない、巨大な感覚が俺の脊髄《せきずい》を駆け上り、脳から溢《あふ》れて、脚がガクガクと痙攣《けいれん》を始めそうになる。

脳は上手く情報を処理できず、混乱の最中にあった。

でも身体の方は、脳内物質の奔流《ほんりゅう》の中で、なんらかの答えを出したらしい。

驚くべきことに俺の陰茎は勃起して、凪夏《なぎか》の柔らかい体に押し当てられる形になっていた。

それに気づいた時に俺は、無性に恥ずかしい気持ちになった。

凪夏はキスの行為を中断させると、嘲《あざけ》るように笑って言った。

「勃《た》ってんじゃん」

そしてまた、痛みとも快感とも言えないキスを始めた。そのたびに俺の陰茎はせり上がり、凪夏のお腹の辺りに情けない感触を与えた。

先ほどキスを一時的に中断したことによって、俺と凪夏の立つ角度が変わって、そのことで俺たちの周りにいる第三者の姿がよく見えるようになった。

眞耶《まや》だ。

眞耶は胸の前で両手をＸの字に組んで、どうしていいかわからずにまごついているようだった。

彼女の視線は不安そうに俺の方に留められていた。

俺はこうして凪夏にキスをされて、無様に勃起までしている、自分の姿を眞耶に見られたくないと思った。

だからせめて、俺の方から眞耶は見ないことにしたのだけど、一瞥《いちべつ》を送ったことくらいは、凪夏に伝わったらしい。

凪夏は右手で俺の首根っこを摑《つか》んだまま、左手を俺の肩越しに伸ばすと、眞耶に向けて皮肉

に満ちたピースサインを送った。

しばらく眞耶《まや》はその残酷な身振りを呆然《ぼうぜん》と見つめていた。

少し痛みが引いてきて、ようやく自分のいる状況が客観的にわかるようになってきた。

どうやら俺はずっと、宙空に投げ出すような中途半端な場所で手の位置を固定していたらしい。

曖昧《あいまい》な場所に置いていた手を、なんとなく凪夏《なぎか》の腰の辺りに持っていった。

こんな姿勢になってしまうと、ただキスをしているのと変わらない。

凪夏は跡が付きそうなくらいに強く首根っこを摑《つか》んでいた右手の力を少し弱めると、柔らかい声で言った。

「いい子だね」


キスが終わると、主張が済んだとでも言うみたいに、得意げに凪夏が言った。

「ほらね。大したことないじゃん」

「…………」

「これから百万回とやるキスの、最初のたった一回が中堂絢音《なかどうあやね》ってだけでしょ」

凪夏はポケットティッシュを出すと、ぺっと自分の唾《つば》を捨てた。

血の混じった唾だ。自分の口内を舌で確認してみると、どうやら最初のビンタで歯が頬《ほお》に当たり、出血をしていたらしい。遅れてじんじんという痛みが響いた。

俺の頭はまだキスの余韻でぼんやりとしている。なんとか声を出した。

「……なんで……その……キス……」

すると、毅然とした態度で凪夏が言った。

「恋人なんだから、キスくらい当たり前でしょ」

俺はつい立ちすくんでしまった。

呆然とする俺を残して凪夏が去っていった。その横顔にはどこか凛々《りり》しいものがあった。

ふたたびチャイムが鳴る。一限目も終わってしまったらしい。

＊

俺と眞耶は学校の裏口から出て、小さな公園に向かった。

錆《さ》びた鉄棒と、ベンチと、パネルの黄ばんだ自動販売機だけが置いてある、さびれた公園だ。平日の朝だからか俺たち以外には誰も居なかった。

俺はポカリスウエットを、眞耶はバヤリースオレンジをそれぞれ買ってベンチに座った。ぼんやりと二人並んで、青すぎる空を眺めた。

そろそろ休み時間が終わって、二限目が始まる頃だろう。でも学校に戻る気分にはなれない。だから言った。

「二限目もサボるか」

「うん」

と言って眞耶《まや》はうなずいた。

たぶん二人とも、会話をしながら全く別のことを考えていた。

俺はさっきの荒々しい、まるで台風が襲来して、あらゆる樹木を根こそぎ取り去っていったかのような、凪夏《なぎか》とのキスのことを考えていた。

まだ頭がぼーっとしている。脳みそが単なる肉塊になって、全ての情報処理を放棄しているような気がする。右耳に来た風が、そのまま俺の無防備な頭の中を通り抜けて、左耳へと流れていくような。キスの断片的な記憶と、体の芯のどうしようもない疼《うず》きだけが残っている。

気がつけば二人、しばらく黙り込んでいた。

ふと俺は脳の表層に浮かんだ言葉を口にした。

「凪夏はあの後、授業に戻ったのかな」

眞耶は答えなかった。

なんとなくだけれども、何事もなかったかのように二限目に出ているような気がする。俺とのキスの直後にありきたりな日常を送ることが、彼女の「キスなんて大したことがない」という主張を強固にする気がするからだ。

続けて、あやねえのことを思い出した。

そうだ、キスが全ての短期記憶を塗り潰《つぶ》してしまっていたけれども、その前にあやねえの一件があったのだ。

凪夏は俺があやねえを好きなことを伝えた。あやねえはそれに対して何の反論もせず、不可解なほどの沈黙で答えた。凪夏の勢いに負けて無言になってしまっただけかもしれないし、どちらかというとそっちの方が中立な考え方のような気もするけれども、直感で判断してもいいのならば、あやねえは俺に好意を寄せられていることに自覚的だったような気もする。

そこまで考えたところで、思考がバラバラに分解される。

凪夏とのキスの記憶がフラッシュバックして、上手く考えが形にならない。あの苛烈《かれつ》なキスの衝撃を前にしては、どのような思考も意味を持たず、無秩序な音節に変わり果ててしまう。あのキスの後に意味を持ちうるものは、体に刻み込まれた触覚や嗅覚などの原始的な記憶だけだ。

「凪夏は——」

俺を嫌いになったのかな、と口にしようかなと思った。

でも、ふと見ると眞耶はなんとなく寂しげな表情をしていた。

俺は咄嗟《とつさ》に反省した。眞耶に対して凪夏の話をし続けるのは無神経だ。頭がぼんやりとしているのを言い訳にして、酷いことをしようとしていた。

明白なこととして、本当に嫌いだったとすればキスなんてしないし、『恋人なんだから、キスくらい当たり前』とも言わない。

はっきりと嫌いになったのなら、たぶん幻滅して何も言わずに離れていくし、まさかあやねえにまで電話をかけて、宣戦布告をしようなどとは思わない。

凪夏《なぎか》の行動の全てが、単純に俺に対する好意の現れだという考えはおめでたすぎるし、そこには彼女なりの負けず嫌いだとか、筋を通したいという気持ちがあったはずだけれども、少なくとも俺にキスをした時点では、一定の好意は持っていたはずだ。

だから俺はただ『びっくりした』という言葉を、より具体的な言葉を使って補足してみたかっただけなのだ。

『嫌いになったのかな』なんて、実はちっとも思っていないのだ。

でも言ってしまうとその気持ちが強くなって、いつかは現実の感情になってしまうから、これは口にしなくて正解なのだ。不要な言霊《ことだま》は作らずに消し去るべきだ。

それに凪夏の気持ちがどうであれ、そのことを眞耶《まや》と話すのは間違っている。

俺が始末を付けるべき感情だ。

そこまで考えた辺りで、眞耶が言った。

「あのね、みっくん……」

「何?」

「これはずっと前に言うべきやったと思うんやけど、あやねえはね、みっくんの恋心に気づいていたと思う……」

俺はふと、五月のデートの下見の時に眞耶が言っていたことを思い出した。

『あやねえにも裏表、あると思うよ？』

そうだ。昔から眞耶は俺に、似た警鐘を鳴らしていた。

「五月の中旬にうちとお姉ちゃんは、みっくんがいないうちにみっくんの部屋に入ったの。お母さんが持ってる合鍵を使ってね」

と眞耶は言った。

◆◇◆

手の平に置かれた、銀色のディンプルキー。

汚れ一つなく、光の加減によっては、彼女の皮膚の内側に埋まっていくように見える。

母親から受け取ったそれを、少女は霞《かすみ》のように手に包むと部屋の前に立った。

大丈夫。自分は決して疚《やま》しいことをしようとしているわけじゃない。極めて正当な従妹《いとこ》としての役割を果たすだけなのだ。母親の由真《ゆま》から「明美《あけみ》が心配してるから様子を見てきて」と言われ、その役目を合鍵と共に受け取り、果たそうとしているだけなのだ。

◆◇◆

「……悪く思わんといてな」眞耶《まや》は言った。「その間にみっくんは、うちらの夕食の誘いを二回断ったやろ？　うちは二回くらいどうってことないと思ったんやけど、お母さんが様子が気になるって言って。それからお姉ちゃんが、是非みっくんの家に行きたいと言って。それでうちとお姉ちゃんでみっくんの家に行ったの。そしたらみっくんはおらんくて、代わりにあやねえと会ったの。あやねえも料理を作りに来たみたいで。偶然タイミングが同じになったみたいやった」

　眞耶は続けた。

「それでうちらはあやねえと話したんやけど、会話の中でね、あやねえがひどく狼狽《ろうばい》する場面があったの。さり気ない一幕でね。うちも最初は全く気に留めてなかったんやけど、後から思うとやけに暗示的で、印象に残ったの」

　ふと、当時に伊緒《いお》が言っていたことを思い出した。

『三日前にね、絢音《あやね》さんとたまたま会ったの』

　その時のことを眞耶は話しているのだろう。

「どんな場面？」と俺は聞いた。

「お姉ちゃんがね『幹隆《みきたか》は今週、お母さんの夕食の誘いを二回断ったんです』って言ったの」

「…………」

「それだけ」

「え？　それだけ」

「うん、それだけ」

今のところはなんでもない発言のように思える。

じっと考えていると、眞耶が言った。

「するとあやねえがね、『それ、本当？』って。何度も『本当？』って聞いて……」

「…………」

「最後は『知らなかった』って……。それで、その話題は終わったんやけど、やけに動揺していたみたいで。なんでそんなに混乱しとるんか、当時のうちは不思議に思ったの」

何があやねえを動揺させたのだろう？

俺はふと、あやねえと再会した時にした会話を思い出す。

◆◇◆

「叔母《おば》さん言ってたの。勢いに負けてみっくんの一人暮らしを認めちゃったけれども、すごく心配してるって。真辺《まなべ》の叔母《おば》さんが近くに越してきて、そこで毎週、二、三回は食事を取ることになったから、ちょっと安心したけれど……」

「いや、それは勝手に言われてるだけで」

「ふうん」と言って、「でも心配だって。けれども私がこのマンションに居るって聞いて、安心の材料が増えたって」

◆◇◆

ごく普通の会話だ。

でももしかすると、誤解を招く余地もあったのかもしれない。

『勝手に言われてるだけ』……。

俺はこの言葉を、母さんと叔母さんが勝手に推し進めているだけ、という意味で使ったけれども、
事情を知らないあやねえは、母さんが勝手に推し進めているだけで、叔母さんは自分の家庭のこともあって忙しいから、その要請を受理できていない、と判断したのかもしれない。

なんにせよその一週間、俺は真辺家に行かなかったわけだし、その傍証も含めれば、あやねえが、真辺家はあまり幹隆《みきたか》と関わっていないと考えるのも自然ではある。

ところがその勘違いは、伊緒《いお》と会うことで崩れ去る。

叔母さんには俺を受け入れる余裕があり、定期的に俺に夕食を共にすることを打診していて、それを俺がわざわざ断っているということがわかる。

俺が能動的にあやねえと一緒にいるんだってことがわかる。

そうか。

その時に、俺のあやねえへの好意がバレたのか。

もちろん論理的に考えれば、別の理由だってでっち上げられる。俺と伊緒の仲が悪いだとか、たまたま予定が合わなかったとか。

でもあやねえは、四年前に俺とキスをしたことを覚えている。そんなあやねえが自然と、俺の好意に思い当たったというのは無理のない推測だった。

「あやねえがみっくんの前から姿を消したのは、その後やろ？」

「うん」

「だからきっと、お姉ちゃんとの会話の中であやねえは、みっくんに自分が好かれとることに気づいたんやと思う」

と、眞耶《まや》は俺と同じ結論に至る。

「だからその好意をなくしたくて、あるいは単純にみっくんの前で、どう振る舞えばいいかわからんくなって、みっくんの前に出られやんくなったんやと思う。それで……次にみっくんの前にあやねえが姿を現したのは、御武《みたけ》さんの話が出た後やろ？」

「俺が凪夏《なぎか》のことが好きだから、俺があやねえを好きなわけではなく、思い過ごしであることに気づいたから――」

「いや、違うと思う」

眞耶《まや》ははっきりと断定した。そして空に浮かぶ千切《ちぎ》れた雲の一点を見つめながら言った。

「その気持ちがあやねえの中で、どう折り合いを付けられとるかはわからんけど、うちは違うと思う。だって誰かと誰かを同時に好きなことって、誰しもがある……うちは違うけど、それって一つの真実なんやろ？」眞耶はざらりとした言い方をした。「みっくんが自分のことを好きでありながらも、御武さんのことが好きな可能性も、当たり前に思い浮かべていたんちゃうかな」

俺は伊緒《いお》の『気持ちの上で誰かと誰かが同時に好きっていうのは、人間なんだから誰しもあること』という言葉を思い出した。

そうだ。俺が凪夏のことを好きだからと言って、あやねえに恋していないとは言い切れない。そこに排他律は適用されない。

「あやねえはね、とにもかくにもみっくんと凪夏さんを付き合わせたかったんやと思う。だって二人が付き合ってくれれば、その時には……」

眞耶は公園のベンチから立ち上がると、語勢を強くして言った。

「みっくんにキスをしてしまった、四年前の罪が消えるから」

俺は小学生の時にあやねえに言われた言葉を思い出す。一言一句違わず、あの日嗅《か》いでいたコーヒーの匂いも含めて思い出す。

『誰かを愛したり愛されたりすることってね、世界を壊すことなんだよ』

眞耶は俺の方に振り返ると、叫ぶような声色《こわいろ》で言った。

「あやねえはみっくんに口づけたことに罪悪感があるんやよ。そして、その気持ちは今もあやねえの中に残っている！」

＊

すぐにあやねえに通話をかけてみたが、繋《つな》がらなかった。ラインを送ったが、返信どころか既読すらも付かなかった。

三限目から授業に出る。凪夏とは話さないが、彼女は普段通りに振る舞っているように見える。気丈な女の子だと思う。

学校を終えて、すぐにマンションに帰る。一刻も早くあやねえに会いたいという気持ちもあったし、凪夏《なぎか》に話しかけられたら気まずいからという理由もあった。

だがあやねえはいない。

その日は何度も自分の部屋を出て、廊下に面したあやねえの部屋の窓を眺めてみたりしたのだけど、一向に電気が点《つ》かないし、そもそも在宅していないみたいだ。

眞耶《まや》にも何気ないふうを装って、あやねえにラインを送ってもらった。

あやねえは、眞耶が凪夏との通話を聞いていたことに恐らく気づいていないから、そっちのラインには普通の返信が来た。

ただ眞耶が会う約束を取り付けようとすると、『しばらく友達の家に泊まるから、マンションには帰らない』という返信が唐突に来たという。

あやねえは逃げたのだ。

*

あやねえが逃げたことに対して、俺は複雑な気持ちでいる。

このまま彼女が居なくなった方が、ある意味では丸く収まるのも事実だろうけれども、それでも時々、彼女の部屋の廊下に面した窓を眺めて、不在を確かめてしまうくらいには、俺は彼女の帰還を待ち望んでいるようだ。

単に好きだから、というのじゃない。

もっと複雑な、好意と不安と依存と懸隔《けじめ》の錯綜《さくそう》した気持ちで、彼女が戻ることを恋しく思っている。

より詳細に言えば、たぶん気持ちじゃなかった。もっと使命だとか宿命に似たものだ。俺たちは四年前のあのキスから続く、曖昧《あいまい》で屈折した関係性に、なんらかの形で終止符を打たなければならない。

そうでなければ今後、誰かを好きになる時に、俺は二度と胸を張れないような気がする。

「ちゃんと好き」だと言えない気がする。

10 真実

それともう一つ、俺には考えるべき問題がある。

日曜日のお泊り会の夜、俺にこっそり口づけた人物を知ることだ。

眞耶《まや》ではなかった以上、あやねえか流南《るな》か伊緒《いお》だが、あやねえの行動原理から考えて、彼女だとは考えづらい。

すると流南か伊緒だ。

流南については直接聞くことにした。そういったことを話せる仲というか、話しやすい仲だからだ。

丁度いいタイミングが訪れる。

その日は圭一《けいいち》さんが居なくて、流南が一人で夕食を取るらしい。一人で夕食を作っても張りがないからとかで、流南の家に呼ばれる。

玄関のドアを開けると、どきりとした。

かなり散らかった部屋だ。玄関のそばの廊下にはパンパンに詰まったゴミ袋が三、四個転がっているし、その上には雑に千切《ちぎ》られて畳まれた段ボールが何枚か重ねて置かれ、一部は扇状に広がっている。缶や瓶などの分別が難しいゴミや、漫画本などの資源ゴミはそのまま廊下に置きっぱなしになっていて、空き缶が横向きに転がっている。

ＬＤＫの中もまた混沌《こんとん》としていた。

キッチンには洗われていない皿が山積みで、鍋の中には残飯の汁が溜まっている。そのそばには封が開いていて、食べていいのか駄目《だめ》なのかは、たぶん当事者にしかわからない食材がごちゃごちゃと置いてある。食器棚はあるのに、なぜか食器はそこにはなくてカウンターの上に出しっぱなしになっている。

ダイニングの机はハリボテみたいに安っぽく、ちょっと傾いている。机の上にはラップにかけられたままの食べ物の他に、中学校の教科書や、プリントや、可愛《かわい》いけれども実用性のなさそうな筆記用具がごちゃごちゃと置いてある。床には流南のやたらと派手な服や、同じく教科書やプリントが散らかっている。ハンガーラックはあるが、そこに服が掛けられているという感じではなく、ハンガーラックを中心として同心円状に服が散らかっているという印象だ。

奥にはテレビがあり、なぜかその前に立派な天蓋付きのベッドがある。

なんだろう、このベッドは。ここだけお姫様の部屋みたいだ。

「これ何？」流南のベッドのようではあるけれども。

流南は答える。

「圭一《ジジィ》の前で、仕切りなしには眠れませんよ」

なるほど、このベッドのカーテンは、そのまま流南《るな》と圭一《けいいち》さんの心の壁というわけか。まあ、遠慮なく物が言える仲だという意味では、心の壁なんてないのかもしれないけれども。

流南の圭一さんへの当たりの強さは前から変わらないので、特に何とも思わない。反抗期とかではないと思うし、それを言ったら流南は生まれつきの反抗期だ。圭一さんは子供心にもやきもきしてしまうような人物だから、不満をあけっぴろげにしておくくらいの方が、まだ親子のバランスが取りやすいのかもしれない。

奥の洋室のドアは閉ざされている。たぶんこの先が圭一さんの部屋だろう。

キッチンで流南が食事を作り始める。中学校の制服の上に、百均で買ったようなヒマワリ柄のくしゃくしゃのエプロンを付けている。金髪にピアスの彼女が、その格好で料理に励んでいる姿は、空想と生活感が無理くり縫い付けられたような、なんとも言えない情緒だ。ちなみに調味料などは全部適当で、目分量で入れているようだ。

「計量カップとか使わないの？」

「こんなの味見してみて、薄かったら足せばいいし、濃かったら水を入れればいいんです」流南は気ままに鍋の中をかき混ぜながら言った。

そんなものか。

俺は料理に関しては素人《しろうと》なので何も言えない。

肉じゃがが出来る。

見た目は良くないけれども、作る手間としては爆速で完成する。

味噌汁は朝の残りらしい。大分煮込まれているようで、具の形が崩れて、半分汁に溶けかかっている。お米も朝に炊いたものらしいが、炊飯器が古いらしく、ご飯の一部がべちゃべちゃになっていて、見た目も食感も悪い。

「炊飯器が壊れかけてて、釜《かま》の端っこのご飯が上手く炊けないんですよね。私はもうこの味に慣れちゃってるんですけど」

「うーん」口に入れる。糊《のり》みたいで不味《まず》い。

「レンジで温めましょうか？　水気が飛んでちょっとマシになりますよ」

温めてみると、確かに多少マシになる。

肉じゃがは普通に美味しい。そりゃあ、あやねえや真辺《まなべ》の叔母《おば》さんといった料理が得意な人のものと比べると見劣りするけれども、忙しい時の母さんの料理と比べると、全然同じというか、もしかすると流南の方が美味しいかもしれない。

夕食を取りながら、どうでもいい雑談をする。

自然な会話から繋《つな》げようと思ったのだけど、「俺、お泊り会の時に誰かにキスをされたんだけど、心当たりない？」にスムーズに展開できる話題なんてなくて、結局のところ俺はそのまま聞く。

「キス？」

思いがけない質問をされたという態度で、目を丸くして流南《るな》が言う。既にシロだと断定したくなるくらいに率直な反応だった。

「キスされたんですか？　あの晩に部屋で？」

ちょっと迷ったけど、「そうなんだ」と答える。

「ふうん……誰がしたんでしょうね。絢音《あやね》さんは欲求不満って感じでもないし、普通に考えたら伊緒《いお》さんか眞耶《まや》さんでしょうね」

「そっか」

それだけで話は終わる。

犯人は流南ではないことがわかった。

でも、これだけで話が終わってしまうのも逆にすっきりしないと思ったので、もうちょっと話を続けた。

「流南はもっと面白がるのかと思ってた」

「どういうことですか？」

「前に、俺が『恋人じゃない人が好きかも』って言った時は、流南はもっと生き生きしてたし、今回だってキスのことを知ったらキャーキャー言って、犯人が誰か、直《す》ぐにでも突き止めようとするのかなと思ってた」

もちろん、事を荒立てられたら困るとは思っていたのだけど。

「まあ、言われてみればそうですね」

流南は糊《のり》ご飯をもぐもぐしながら、どうして自分の気分が上がらないのか、自問自答をするような間を置いてから言った。

「確かに、起きたことが全く同じで、関わっている人が別であれば、違う反応をしていたかもしれませんね」

「ふうん」俺は聞いた。「当事者が、従姉妹《いとこ》だからってこと？」

「そうですね。たかが従姉妹なので」

俺は流南の使った言葉について漠然と考えてみた。『たかが』の後に従姉妹が配置されていることについて考えてみた。でも別に目新しい考えは出なかった。

流南は改まって言った。

「……あんまり犯人当てとか、してあげない方がいいんじゃないですか？」

「なんで？」

俺は聞く。元からするつもりはなかったのだけど、何となくしないでいることと、明確な意志を持ってしないでいることは別で、そして流南は後者の方がいいと言っている。だからその理由が気になった。

「した人のプライドのためですよ。きっと傷ついていると思うから」

流南《るな》は言った。でもその後、ちょっと自分にしては真面目《まじめ》すぎる意見だとでも思ったのか、やや目つきを和らげて、呆れた声音でいい直した。

「勝手にキスしておいて、一人でね」

*

翌日もその翌日も、あやねえはマンションに帰ってこなかった。眞耶《まや》とのラインに書いていた通り、友達の家に泊まっているのだろう。

でもいつまでも逃げ回っているわけにもいかない。俺とあやねえは、きっと近いうちに対峙《たいじ》することになるだろう。

四年前に交差した俺たちの、きざったらしく言えば運命とでも呼びたくなる道のりは、必ずもう一度ぶつかり合うことになっているはずだ。

*

一方、凪夏《なぎか》は教室ではごく当たり前に振る舞っている。まるで校舎裏でのキスなんてなかったみたいだ。

ただ彼女に話しかけられると、今までとは違って、わずかな緊張感を覚える。もしかすると俺の表情も、ちょっとぎこちなくなっているかもしれない。そう思っているだけで、傍目《はため》には何も変わらないかもしれないが。

明らかに変わったことと言えば、あれから一通もラインが来ていないことくらいだけども、それもそのうち、なんてことない雑談を口火にして始まるのかもしれない。そのこと自体、まだ取沙汰できるほどの期間も過ぎていないけれども。

俺はたまになんとなく、凪夏とのライントークルームを開いてみたりする。最後にラインを送った日が三日前、四日前と、徐々に過去へと押し出されていく。

*

ある日、ふたたびお泊り会が開かれた。

メンバーは、俺と伊緒《いお》と眞耶と流南と日和《ひより》。つまりこのマンションに居る、あやねえ以外の全ての従姉妹《いとこ》だ。

初日は気乗りのしなさそうだった流南だが、最近はこの会もあまり悪くないといった態度で、表情も柔らかくなっている。

流南の家でべちゃべちゃのご飯を食べた俺としては、彼女はまだ中学生なのだから、こうして誰かの厚意に甘えられる機会があったら、出来る限り甘えた方がいいし、ご飯なんていくらでも奢《おご》られた方がいいと思っている。

彼女はまだ、一人きりで頑張っていくには若すぎる。なんて、もしかすると同じことを真辺《まなべ》の叔母《おば》さんは、俺に対して思っているのかもしれないが。

夕食を終えて、俺たちは二〇四号室に行く。

眞耶《まや》の私物のボードゲームで遊ぶ。

前回のお泊り会だと様子のおかしかった伊緒《いお》だが、今回はいつも通りで、「はあ!?　今の発声、私の方が早かったでしょ～っ！」とか言って、俺に難癖を付けてくる。

俺は最初、喧嘩《けんか》が発生した時には毎回伊緒に譲ってやっていたのだが、段々と伊緒が増長していったのとあと単にムカついてきたので、「いやいや、今のは俺の方が早かったね。間違いなく早かったね」とか言って喧嘩をするようになる。

すると伊緒は、よし来たかと気勢を上げて、「いやいや、あんたちゃんと発声してないでしょ、『ドゥ』のところを『ド』って言ってた」「言ってねーよ」「言ってた！」みたいな喧嘩をふっかけてくる。

これはこれで腹立たしいが、元の伊緒に戻っていて安心する。

しかし俺は伊緒に対してはちょっと気になることがある。

だがそれを、こういった楽しい時間に考えるのは何か違う気がするのでやめておく。

＊

その夜。

また俺たちは二〇四号室の豆電球の薄闇の中にいる。

俺たちは盛んに雑談をする。日和《ひより》の学年で最近流行っている遊びの話をされる。日和に冗談を言われて俺は笑う。そしてふとその笑い声の隙間で、あの晩のキスのことを思い出す。

キスをしたのは、眞耶じゃない、あやねえでもない、流南《るな》でもない。だから——。

ふと左の方にあるベッドが軋《きし》む。伊緒が身を乗り出して言う。

「きっとその男の子は、日和が好きなんじゃないの？」

日和はやけに純真に、驚いた声を出した。

「えー、そうかな〜⁇　ふふ、そうなのかな〜⁇」

伊緒は自分で自分の言葉に、意味なんてないと割り切っているかのような軽妙さで言った。

「最初は皆そう言うの。でも段々とわかっていくものなのよ」

二人の会話を聞きながら、俺は思った。

——あの夜俺にキスをしたのは、伊緒だ。

消去法で伊緒しかいないっていうのもあるし、それに俺は最初、唇の感触が眞耶と似ていると思ったんだ。

でもそれは単に二人が双子で、体の作りが似ていたからだった。今となってはあれは、犯人が伊緒《いお》だと示す判子だったように思える。

もちろん簡単には信じられることではない。でも彼女以外に候補はいないのだ。

「コクられるかもよ〜〜」と伊緒が言い、日和《ひより》がけらけらと笑った。

二人の話し声を聞きながら、俺は思った。

なるべく忘れよう。

もしもあのキスに何か意味を持たせたいと思うならば、伊緒が自分でそれについて語るだろうし、もしも何も語らないとすれば、それは忘れてもいい、要するに単なる気の迷いだったということになるからだ。

もちろん流南《るな》の言った理由もある。俺がキスの事実を指摘すれば、伊緒が暴《あば》いて欲しくない墓を暴くことにもなりかねない。

だから俺はこの件に関して、百パーセントの受け身で臨むことにする。全てを伊緒の決定に委ねることにする。

ほんの数か月の生まれ月の差だけれども、俺は伊緒の従兄《いとこ》だ。

だから、もしも彼女が間違った行動をしたとしたら、見て見ぬ振りをするのは朝飯前だ。

それにここ数日の騒ぎで、俺はもう、キスの一つや二つくらいでは動揺してやらない……

というより、してやりたくない気持ちになっているのだ。

だから来るなら来いだし、来ないなら来ない。

相手が伊緒なだけあって、勝負の気持ちで行くのだ。

*

やがて月が昇り、豆電球の灯りが消され、夜が深くなる。

暗闇が俺たちの体内に侵食し、心と体の境界線をなくす。

寝つくのは早かったが、眠りは浅かった。ずっとドラム式洗濯機の中に入れられて、ぐるぐると徒《いたずら》に回されているかのような、断片的なイメージが連続するだけの夢を見ていた。

目が覚めると、やけに汗をかいていた。おまけに枕元の携帯で確認したら、眠りについてから一時間半しか経《た》っていなかった。

一時間半？

もっと眠ったつもりだったのだけど。夢ばかり見ていたからかもしれない。

一旦体を起こし、トイレに向かうことにする。大した尿意はなかったが、布団が汗で湿っていて再び眠れるイメージが湧かなかったので、気分を変えたかった。

やや迷ったが、暗いのでスマートフォンのバックライトを点《つ》けた。

他の従妹《いとこ》を起こしてしまったら申し訳ないが、他の従妹を踏んでしまうことの方がもっと申し訳ない。狭い部屋に四人が眠っているのだから、足元が見えないままトイレに向かうのは危険極まりない。

直接ライトは向けずに、従妹たちが眠っていることを確認する。ちゃんと全員眠っているようで安心する。

ふと伊緒《いお》の方を見る。

伊緒はすっかり眠りこけている。長いまつ毛は閉じられているし、さくらんぼ色の唇はゆるく封がされているし、頰《ほお》には穏やかな微笑《びしょう》が浮かんでいる。魔法で眠らされた白雪姫みたいだ。

その顔だけを見ていると、普段はサディスティックな暴君である彼女の印象は影を潜め、ただの可愛《かわい》い女の子のように思えてくる。そして実際、それは半分くらい事実なんだろう。

俺は上手く眠れないでいるのに対して、こいつは全然そうじゃないのだと思うと、その当たり前の寝相ですらも若干ふてぶてしく見えてくるが、そこまで来ると穿《うが》ち過ぎなので、あまり深くは考えないことにする。

すると、伊緒が「んー」のような声を出しながら、寝相を変える。

モモンガがせっせと巣を作るみたいに、何度か細かく体の位置を変えて、また苦しそうに唸《うな》っている。

俺はその光景を見て、つい笑い出しそうになる。そういえば伊緒は昔から、けっこう寝相が悪い方なのだ。

寝言も多く、小学生の俺は一々それを覚えていて、翌日の伊緒に「こんなことを言っていたぞ」と言ってからかったものだった。

十五歳になってもそれは変わらないのだろう。俺は笑いを堪《こら》えながらも、伊緒のその無意識的なもぞもぞを見つめていた。

やがて伊緒はくるりと体を回し、わずかに身を起こした。

そして目が完全には開ききっていない、曖昧《あいまい》な視線で俺の方を見た。

いきなり見つめられてドキリとしたけれども、これも寝ぼけの一環だろう。すぐに緊張を解いた。

伊緒はやはり、完全には覚醒しきっていない声で言った。

「幹隆《みきたか》……？」

寝言だ。俺は他の従妹を起こさないように、小声で「なんだよ」と聞いた。

「あんたさ」

笑い声が出てしまいそうだ。だから騒がないように、一旦気分を落ち着けてから聞いた。

「だからなんだよ」

寝ぼけているだけなのだから、はっきりとした答えは返ってこないだろうと思っていた。

でも思いの外はっきりと伊緒は言った。

「あんたは私のものだからね」

そう言って、ふたたび伊緒《いお》は目をつぶって横になった。

しばらく、俺から目を背けるような姿勢で眠っている彼女の後ろ姿を見つめていた。彼女の横顔を、パジャマの襟から覗く無防備なうなじと背中を、枕の上に乗った髪の毛が作った独特な模様を眺めていた。

胸が痛いと思ったら、自分の心臓が張り裂けそうなほどに高鳴っていた。

夜が更けていく。

あとがき

どうも、作者です。

あとがきということで、『たかが従姉妹《いとこ》との恋。』がどうやって書かれているのかについて語ってみることにします。……という議題なので、たぶんネタバレがあります。本編を未読の方はすみません。

前巻のあとがきにも記しましたが、『たかが従姉妹との恋。』の企画書を出したのは、『君が花火に変わるまで』の企画書を出す直前でした。

なので『君が花火に変わるまで』と『たかが従姉妹との恋。』は、自分としては近いテーマで書いたつもりです。連作と言うと言いすぎですが、やや地続きなのです。

この二作のテーマは、「流行りのジャンルで好きなことをやろう」です。

流行ってないジャンルで好きなことをやってしまうと、売上的に痛い目に遭うということを、私はこの二作の前の『東京湾の向こうにある世界は、すべて造り物だと思う』『放課後の宇宙ラテ』で思い知りました。どちらも当時の私の全力を尽くして書いた作品だったのですが、売上的には振るいませんでした。ちなみに『放課後の宇宙ラテ』は八目迷《はちもくめい》先生もおすすめしている作品ですから、彼のファンは読んで下さい……と、突然のダイレクトマーケティングをかましておきます。

　というわけで、まずは手に取ってもらうことが大事ということで、当時流行っていた青春小説の装いをした『君が花火に変わるまで』を書きました。

　次に当時、同居モノや幼馴染《おさななじみ》などの「近い関係の女性を題材にしたラブコメディ」が流行っていたので、その成功例をなぞって「可愛《かわい》い従姉妹がたくさん出てくるハーレムラブコメ」の『たかが従姉妹との恋。』の企画書を書きました……。

　あれ……？

　なんかおかしいですね。

　今、目の前にある本の内容と少し違っている気がしますね。

　でも元々はそういうつもりだったんです。にゅむさんにイラストをお願いしたのも、にゅむさんが甘くて可愛い、ひとえにハーレムラブコメに合った画風をしているからで、元はと言えばこんなクールなあやねえの横顔を描いていただくつもりは無かったんです。編集長の星野《ほしの》さんも一巻の表紙を見て「結果的に格好いいからいいけど、何でこうなった？」と虚を突かれたそうです。もっともです。我々も虚を突くつもりはなかったのです。

　ただ、これは事実です。あやねえのクールな横顔を描いている時、たぶんにゅむさんはノリノリでした。それを見ていた編集の濱田《はまだ》さんもノリノリでした。全然ハーレムラブコメにならなかった、一巻の本文を書いている私もノリノリでした。大人が三人集まって、全員ノリノリでした。バイブスが生まれていました。グループが生まれていました。それは事実です。

村上春樹《むらかみはるき》ならば『ある種の物事には逆らいがたい流れが生まれることがあるのだ』のように書くでしょうか。大槻《おおつき》ケンヂならば『これでいいのだ』と言ってくれるでしょうか。ともかくそういう状態でした。

実を言うと一巻の没原稿に、ハーレムラブコメ的な『たかが従姉妹《いとこ》との恋。』もありました。一人暮らしをしている幹隆《みきたか》の家に、伊緒《いお》、眞耶《まや》、あやねえといった魅力的な従姉妹が毎日やってきて……みたいなものです。

でもですね、実際に書いてみて思ったのですが、全然自分の好みじゃなくて。「なんか違うな」と思いまして。冷めちゃいまして。「本当はこうじゃないか」「こっちの方が実際に近いんじゃないか」「自分が思うにこっちの方が合ってるんじゃないか」というシーンを書いていたら、いつの間にかあの一巻になっていました。

なので初稿を濱田《はまだ》さんに提出する時は「めちゃくちゃ怒られるんじゃないかな？」と内心不安でした。だって企画書には「ハーレムラブコメ」って書いてあるのに全然違うものを提出したのですから。ヤバいな、もう知ーらない、と思っていました。

しかし濱田さんは斜め上の対応をしてくれました。

私の原稿に「ノって」くれたのです。

濱田さんはむしろ、ハーレムラブコメの残滓《ざんし》みたいなものを消し、エモに振るように私に言いました。さらにはにゅむさんもノってくれました。こうして当初の想定とは変わりながらも、結果的には皆がノリノリになってあの一巻が出来たということです。

二巻も、一巻の延長線上の物語が紡がれています。

「事前の想定だとこうするつもりだったけれども、こっちの方がいいんじゃないか」「現実的にはこういう感じになるんじゃないか」「このキャラクターはこうしたいんじゃないか」「こう言いたいんじゃないか」と、私が各キャラ一人一人の機嫌を窺《うかが》って、その場その場で全員の空気を読みながら書いたという感じです。

一巻よりも各キャラの思いが交錯する分大変な部分はありましたが、自分でも予想もしない方向に物語が進んで楽しかったというのはありました。それが読者の皆様にとって、面白い物語になっているならば幸いです。

編集の濱田さん、ありがとうございます。そしてイラストレーターのにゅむさん、素敵なイラストをありがとうございます。お二人が「ノって」下さらなければ、この物語はここに存在していません。

最後に、ここまで読んで頂いた読者の皆様に厚く御礼を申し上げます。この本が読者の皆様にとって、思い出深い一冊となってくれていれば幸福です。

中西《なかにし》　鼎《かなえ》

GAGAGA
ガガガ文庫

たかが従姉妹との恋。2

中西 鼎

発行　2023年5月23日　初版第1刷発行

発行人　鳥光 裕

編集人　星野博規

編集　濱田廣幸

発行所　株式会社小学館
〒101-8001 東京都千代田区一ツ橋2-3-1
[編集]03-3230-9343 [販売]03-5281-3556

カバー印刷　株式会社美松堂

印刷・製本　図書印刷株式会社

©KANAE NAKANISHI 2023

Printed in Japan ISBN978-4-09-453125-1

造本には十分注意しておりますが、万一、落丁・乱丁などの不良品がありましたら、「制作局コールセンター」(0120-336-340)あてにお送り下さい。送料小社負担にてお取り替えいたします。(電話受付は土・日・祝休日を除く9:30～17:30までになります)
本書の無断での複製、転載、複写(コピー)、スキャン、デジタル化、上演、放送等の二次利用、翻案等は、著作権法上の例外を除き禁じられています。
本書の電子データ化などの無断複製は著作権法上の例外を除き禁じられています。代行業者等の第三者による本書の電子的複製も認められておりません。

ガガガ文庫webアンケートにご協力ください
毎月5名様 図書カードNEXTプレゼント!
読者アンケートにお答えいただいた方の中から抽選で毎月5名様にガガガ文庫特製図書カードNEXT500円分を贈呈いたします。
http://e.sgkm.jp/453125
応募はこちらから▶
(たかが従姉妹との恋。 2)